最低皇子たちによる皇位争『譲』戦

Enomoto Kaisei
榎本快晴
イラスト
nauribon

貧乏くじの皇位なんて誰にでもくれてやる！

皇帝がぱちりと指を弾いた。
その途端に謁見の間の扉が開き、檻付きの台車に乗せられた
フンドシ一丁の罪人らしき人物が運ばれてくる。
昨晩、「花街で酒に溺れた挙句、破廉恥な姿で
路頭を疾走しながら皇帝への暴言を吐き散らした男」
それは、不敵なる勝利の笑みを浮かべた我が兄——第一皇子・一虎だった。
第一皇子
一虎
IFU

第二皇子
二朱
RYAUSHA
「無理ですお父様。兄弟たちと争うなんてあたしにはできませんわ……」
決闘の規則はこうだ。
各自に渡された木刀を真剣と見立て、
急所に木刀での一太刀を浴びれば負け。
つまり木刀以外の攻撃は無効ということで、
素手ではいくら攻撃を与えても
勝利条件は満たせない。
想像した以上に苛烈な死闘が予想された。

「ふふふ……お望み通り『ゲロって』あげましたよ。この胃の腑に溜め込んだ
特製の血糊をね！　官医すら本物と見紛うほどの力作です。
この凄惨な光景を衆目に晒せば僕の不戦敗は確実というもの……！
わざわざ戦うまでもありません！　さあ集え目撃者よ！」
うつぶせに倒れると同時、床に大量の血を吐き散らした。
真性のアホに遭遇し、苛烈な死闘が予想された。
第三皇子
三龍
SAURAN

第四皇子
四玄
SUGAN
「悪いな。
そこに一片でも希望がある限り、
突き進むのが男ってものなんだ」
第五皇子？
月天丸
GETTENMARU
「この馬鹿めが！
こらぁっ！　放せ！
この人攫い——っ!!」

周囲には『革命義団』の団員らしい兵士が
ひしめいており、退路は完全に塞がれている。
深夜の冷めた空気に、錬爺の悲哀混じりの怒号が鳴り響いていた。

鍊副
RENFU
「へ、さすがだな鍊爺。
罠だったってわけか……」
事件勃発？

CONTENTS

最低皇子たちによる皇位争『譲』戦

～貧乏くじの皇位なんて誰にでもくれてやる！～

榎本快晴

角川スニーカー文庫

21834

口絵・本文イラスト／ｎａｕｒｉｂｏｎ
口絵・本文デザイン／百足屋ユウコ＋たにごめかぶと
（ムシカゴグラフィクス）

最低皇子たちによる
皇位争『譲』戦

貧乏くじの皇位なんて誰にでもくれてやる!

Enomoto Kaisei
榎本快晴
イラスト
nauribon

第一章 第五皇子擁立編

episode.1

妾腹《しょうふく》の第四皇子という地位は最高である、というのが俺の持論だ。

なにしろ第四子の上に妾《めかけ》の子であるから皇位継承とはほぼ無縁。

将来的に国を担うという重責は回避しつつ、皇子としての待遇はほどほどに享受できる。

これほど旨味《うまみ》に溢《あふ》れた地位は国中を探しても他にない。

二人の兄と一人の姉が全員亡き者にでもなればお鉢が回ってくるだろうが、彼らは三人とも殺しても死なないような無双の英傑である。心配するには値しない。


そうした楽観に満ち溢れていたからこそ――

「四玄《スガン》よ。お前には余の皇位を継いでもらいたい」


父である皇帝からそう告げられたとき、俺は大いに動揺した。

正直いって、まったくの不意打ちだった。『危急の用があるから、謁見の間まで今すぐに来るように』と皇帝付きの官吏から告げられて、行ってみたら開口一番でこれである。

玉座の正面で跪《ひざまず》いたまましばし呆然《ぼうぜん》としていた俺だったが、ある可能性を思いついてふと顔を深刻にする。

「まさか兄上たちがくたばったのですか？」

「あやつらが死ぬと思うか？」

「いいえ。殺したって死なないでしょう。この安都が蛮族に焼かれて滅びようと、あの三人は平気な顔で生き延びるはずです」

「余の目が黒いうちは蛮族どもにそんな真似《まね》はさせんがな。まあ、そのとおりだ。あやつらは今も息災よ」

息災というのは喜ばしいことであるはずだが、皇帝の声色には憂いが混じっていた。

「兄上たちが無事というならば、なぜ俺などを選ぶのです。年の功にしても生まれの貴賤《きせん》にしても、兄上たちの方が皇帝としてふさわしいはずです。いや、まさか――」

そこで俺は言葉を止める。

この国の皇帝に最も求められる能力は、周辺の蛮族への牽制《けんせい》となる強力な武の力である。

父である目の前の現皇帝は、君主でありながら将として戦場の最前線に立ち、単騎で千人以上を斬り伏せたとの逸話を残している。

かくいう俺も自らの武の腕には自信があった。兄や姉たちと同じく、蛮族の一斉侵攻があろうと生存を確信できる程度には。

「つまり、この俺の武腕が兄たちを上回っていると？　お言葉ですが陛下。確かに俺の才は彼らを凌駕《りょうが》して余りあると自負しておりますが、残念ながら日々の修練というのが大の苦手でして。才能でいくら勝っていても、修練を重ねた兄上たちには敵《かな》うものではありません。いや残念です、才能では圧倒的に勝っているのですが」

「いんや、お前たちの才も腕も大差はない。あまり自惚《うぬぼ》れるな」

高々と上げそうになった鼻を早くもくじかれ、俺はやや調子を崩す。

「それではどうしてわざわざ俺を指名など？」

「君主となるためには、武や才よりも重要なものがある」

重々しく皇帝は言う。それを受けて俺は閃《ひらめ》いた。

「なるほど。兄たちになくて俺にあるもの――それはすなわち、人徳ですね？　この俺の心が兄上たちに比べて清く正しく人の上に立つにふさわしいと」

「人徳なんぞで選ぶなら、余は最初からお前たち四人を選外にしているわ。最も大事なのは、単純にやる気だ」

「やる気？」

ああ、と玉座のひじ掛けに頬杖《ほおづえ》をつきながら皇帝は目を閉じた。

「お前の兄姉《きょうだい》たちは、まるでやる気がないのだ。皇帝など面倒くさい、皇子としての立場が気楽でいい、とな」

俺はぎくりと背筋を強張《こわば》らせる。その思想は自分とまったく同じだった。兄姉たちも勤勉とは程遠い人間とは知っていたが、まさか皇帝が指名を躊躇《ちゅうちょ》するほどだったとは。

「陛下。皇帝という地位に重責を感じるのは当然のことです。そんな弱音を真に受けてどうするのですか。ここは年の功と生まれを重視して兄姉たちに任せるべきです」

「弱音というほど生易しいものではない。たとえば先日、姉の二朱《リヤウシヤ》にこの話を持ちかけたところだ」

俺の説得を遮り、苛立《いらだ》つように皇帝は顔をしかめる。

「『蛮族の殿方たちって逞《たくま》しくて魅力的ですわよね。ああ、攻め入られて悲劇の降嫁というのも悪くありませんわ』と暗に蛮族どもへの降伏を盾に脅してきた」

「あの姉上は相変わらず性悪な……しかし、あれを除いても他がいるでしょう。たとえば三龍《サウラン》は？　あの兄上はそんな物騒な脅しは吐かないと思いますが」

「あいつは余が指名に呼びつけて以来、ずっと謎の病とやらで臥《ふ》せっている。死相はまるで見えんのだが、『もう私の命は長くありません』と頑《かた》なに主張してきおる」

「仮病でしょうね」

「うむ」

三龍は風貌や物腰こそ丁寧に見えるが、その内面が卑劣な根暗であることは宮中の誰もに知れ渡っている。継承回避のために病を装うとは、いかにも彼らしい姑息《こそく》な手といえた。

俺は小さく舌打ちを挟む。

「しかし一虎《イーフ》がいるでしょう。長兄であり武技も優秀。あれに任せずして誰に任せるというのですか」

「あいつが一番駄目だ」

即座に皇帝は断言した。だが、その程度で簡単に追及の矛を収める俺ではない。

「分かっています。どうせ一虎もやる気はないんでしょう。ですが陛下、やる気がないのは我々みな同じです。ならば長兄として一虎が年長者の務めを果たすべきかと」

「四玄。お前、どさくさに紛れて自分もやる気がないと認めたな？」

「そうでないと本格的に押し付けられそうなので」

四人全員が対等にやる気がないなら、おそらく長兄の一虎が選ばれるはずである。歳《とし》が上な分、これから武官としての任を負うようになるのも早い。強さに見合った武功も積んでいくだろう。まさに適任だ。

俺がそう考えていると、皇帝は途端に目を鋭くした。

「──お前たちが『どうせ最後は一虎になる』と考えているように、一虎自身もよほどのことがなければ己に回ってくると危惧したようでな」

皇帝がぱちりと指を弾《はじ》いた。

その途端に謁見の間の扉が開き、檻《おり》付きの台車に乗せられたフンドシ一丁の罪人らしき人物が運ばれてくる。

「昨晩、『花街で酒に溺れた挙句、破廉恥な姿で路頭を疾走しながら皇帝への暴言を吐き散らした男』がいた。それが、そいつだ」

後ろ手に手枷《てかせ》を嵌《は》められ檻に囚《とら》われた白い短髪の罪人。

それは、不敵なる勝利の笑みを浮かべた我が兄──第一皇子・一虎だった。

＊

完全に油断していた。

どう間違っても妾腹の末子などにまで皇帝の座が巡ってくるはずがない、と。

しかし兄たちの負の熱量を見誤っていた。まさかここまでなりふり構わず皇位継承を避けようとしてくるとは。同じ血筋として彼らの腐れっぷりは承知していたつもりだが、ここまで手段を選ばぬ屑《くず》とは思っていなかった。

格子の中では、勝ち誇ったように一虎が笑っている。

「悪いな四玄……。オレはこんな争いから一抜けさせてもらうぜ」

「卑怯《ひきょう》だぞ虎兄！　いやしくも第一皇子の名誉を何だと思っているんだ！」

「オレはよ。地位とか名誉とか、そういうのに興味がねえんだ。へへっ」

「せめて恥と外聞だけは気にしてくれ」

そう言いながらも、俺は腹の中で「今晩同じことをやるか……」と考えていた。

グズグズしてはいられない。二朱も三龍もこの一虎の不祥事を知れば、我先にと同じような悪事を働いて己の風評を失墜させようと試みるはずである。二抜けを確定させるためには、後れを取るわけにはいかない。

「ちなみに、次に同じようなことをする者がいたら皇子としての権限をすべて剝奪《はくだつ》して国外追放に処する所存だ。決して二度目は許さん」

と、そう企《たくら》んでいた矢先に皇帝が玉座から牽制を放ってきた。

俺は言葉に詰まる。皇帝の座に就くのは嫌だが、そのために国外追放などになっては本末転倒である。

「一虎よ、お前もこれで候補から抜けられたとは思うな。むしろ余は、目的のために手段を問わぬその豪胆さだけは評価したいとすら思う」

「おいおい正気かよ親父《おやじ》？　無暗《むやみ》に行動力だけあればいいってもんじゃないだろ……。大事なのは行動の内容だぜ？」

行動力の権化である一虎が自らを卑下する。

確かに彼の行動には絶望的に思慮が足りない。そんなことだから皇帝の資質を疑問視されてしまうのだ。この兄には酷な要求かもしれないが、もっと俺のような慎重さを身に付けて欲しい。

ゴミでも見るような目で皇帝は一虎と俺を交互に見る。

「ともかく、お前たち全員の心根が等しく怠惰というのはよく分かった。なれば、もはや純粋に能力の差で後継者を選ぶしかあるまい」

「つまり陛下。それは結局のところ俺を選ぶということになるのでは？」

やる気がないならせめて有能を置こうという肚《はら》か。妥当ではあるが、しかし——

「四玄。前々から思っていたが、お前は兄たちのことを見下してはおらんか？」

「正直なところ少しは。こんなことを平気でする輩《やから》が筆頭ですし」

そう言って俺は檻の中のフンドシ男を指で示す。

「おい馬鹿言うな四玄。誰が平気だって？　オレがどれだけ苦悩してこの行為に及んだと思ってる」

「黙っていてくれ虎兄」

醜い兄弟喧嘩《げんか》を前にして、皇帝がため息をつく。

「余からすれば四玄。お前の愚劣さも他の者たちと大差ないがな。むしろ本気で自覚がなさそうなあたりがいっそう悪質にも——まあいい。どうあれ、これから余はお前たちの優劣を見極めにかかる。今すぐ演武場に向かえ」

皇帝の命に反論は許されない。俺は不承不承ながらも首肯で応じる。

「一虎もだ。その程度の檻ならば己で出られるな。罪人ごっこはその程度にしておけ」

「へいよ」

腕に力を入れた一虎は後ろ手の手枷を難なく破壊し、その剛腕で鉄の格子をこじ開けた。台車に載せた簡易的な檻とはいえ、常人ではありえない膂力《りょりょく》である。

「道場には二朱と三龍も急ぎ向かわせる。そこで四人全員で模擬戦を行い、誰が勝つかを見させてもらおう。お前たちの武技がどれほどの域に達しているか、余も楽しみにしているぞ」

一瞬、俺と一虎の視線が交錯した。

同じ怠惰な思考を持つ者同士、考えていることはお互いに明らかだった。

——いかにしてわざと負けるか、と。

謁見の間を辞去して宮中の演武場へと向かう道すがら、並んで歩く一虎と会話はなかった。

戦いを前にした緊迫の空気、というのとは少し違う。必勝ならぬ必敗の策を一心に講じようとしているからこその無言である。

俺は顎に手を添えて思案する。

兄たちは油断ならぬ相手だ、一秒の隙も与えてはならない。

試合が始まった瞬間に己が敗北を決めねばならない。

すなわちこの場面での最適解は、試合開始と同時に白目を剝《む》いて倒れる演技をすることだ。その原因は誰かが放った速すぎる斬撃ということにする——これだ。

わざと一撃貰《もら》って倒れるなどというのは二流の発想。紛れもない超一流の俺は、一撃貰う前から貰ったことにして倒れ込むのだ。この僅かな差が将来の明暗を分けるに違いない。

俺が敗北を確信してほくそ笑んだとき。

ふと、目の前の曲がり角から細長い人影がふらりと揺れ出てきた。

男にしては髪が長く、夜道に立っていたら幽霊のような印象を与える不気味な人物だ。

「おや……一虎に四玄。お二人もこれから演武場ですか？　まったく、父上も困ったものですよね。いきなり病人の僕を呼びつけるなどとは……しかも戦えとは、なんとも無茶《むちゃ》をいうものです」

ゴホゴホと咳《せき》をしながら目を細めるのは、第三皇子の三龍である。文官風の着流しを纏《まと》った優男だが、彼もまた皇帝の嫡子たる豪傑の一人だ。

ちなみに一虎の服装といえば、未《いま》だにフンドシ一丁のままである。白一色の布地には達筆な墨筆で『一虎』と書かれている。国の恥だ。

そんな国の恥は自分のことを棚に上げて三龍に偉そうな指摘をする。

「おい三龍。その肺病みてえな演技はやめろよ。親父には仮病だってバレてんぞ」

「仮病？　何を言うのです一虎。僕がそんな卑劣な真似《まね》をするわけがないでしょう……ああ、この病弱な身体《からだ》が恨めしい。もう少しばかり命が長ければ、皇位に就いて国を導くこともやぶさかではなかったのですが」

「病弱ぅ？　なに寝言抜かしてんだてめえはよ。いいからさっさとゲロって皇帝になれよオレも陰ながら応援してやるから」

「虎兄も龍兄も醜い言い争いはやめてくれ。どうせ今からの試合ですべての決着が付くんだ」

不毛な論争に集中力を乱されたくなかった。今は敗北の演技構成を頭の中で完璧に組みたてねばならない。斬られたときの苦悶《くもん》の悲鳴。全身の力を脱力させる昏倒《こんとう》のフリ。白目に加えて泡まで吹けたら最高かもしれない。皇帝に待ったをかけられぬ迫真の演技をせねば。

だが、そんな俺の想定はまだ甘かった。

実のところ、敗北を演じる戦いは既にこの場から始まっていたのだった。

「陰ながら応援……ですか。ああ、そうですね。そうして祝われながら皇帝の座に就けたらどれだけ僕は幸せだったでしょうか……」

急に三龍が儚《はかな》げな声色を作ったかと思ったときには、もう遅かった。

彼の身体が風に吹かれるかのように揺れ、通路の床へと傾いていく。そしてその口の端には赤い血が浮かび――

うつぶせに倒れると同時、床に大量の血を吐き散らした。

「てめえ！」

「謀《はか》ったな！」

だが俺と一虎がほとんど同時に叫んだ言葉は、彼への心配などではなかった。

なぜなら、血溜まりの中に伏せる三龍の瞳は、これ以上ない生気に爛々《らんらん》と輝いていたからである。

「ふふふ……お望み通り『ゲロって』あげましたよ。この胃の腑《ふ》に溜《た》め込《こ》んだ特製の血糊《ちのり》をね！　官医すら本物と見紛《みまが》うほどの力作です。この凄惨な光景を衆目に晒《さら》せば僕の不戦敗は確実というもの……！　わざわざ戦うまでもありません！　さあ集え目撃者よ！」

そう言うと三龍は、着流しの袖に仕込んでいた呼び鈴をガラガラと打ち鳴らした。

そして盛大に鈴を鳴らし切った三龍は、血溜まりに溺れるように顔を浸した。なんたる卑怯者《ひきょうもの》。仮にも皇子ともあろうものが。

どうする？

卑劣行為への制裁としてこの場で殺すか？

いいや、いくら卑劣な兄でも殺してしまっては元も子もない。この皇位を巡る押し付け合いの争いから、あの世へと一抜けされてしまう。こんなのでも継承者の頭数の一人だ。人柱候補を一時の感情で失うわけにはいかない。俺は冷静な判断のできる男である。

しかし。

「いい度胸じゃねえか三龍！　そこまで病弱になりてえなら、今この場でオレがあの世に送ってやらあ！」

俺と違って、長兄の一虎は相変わらず思慮が足りなかった。頭上まで振り上げた踵《かかと》を、断頭台の刃《やいば》のごとく三龍の首へと落とそうとする。

そこで三龍は寝返りを一つ。

石敷きの床をも砕き割る踵落としを紙一重で避《よ》けた。

次いで二度三度と振り下ろされる踵はすべて三龍の寝返りの元にかわされ、ただ血糊の飛沫《しぶき》と破片が通路にまき散らされていく。

俺は焦って一虎を羽交い絞めにし、

「落ち着いてくれ虎兄。龍兄も貴重な皇帝候補だ。もし殺してしまったら俺たちの首を絞めることになる。ここは生かして罪を償わせるべきだ」

「放せ四玄。オレはこの卑劣漢が許せねえ。細っ首をへし折ってやる」

しかし、血溜まりに沈む三龍は余裕綽々《よゆうしやくしやく》の目でこちらを見た。

「ふふ……無駄なことを。こと逃げと回避において僕の右に出る者はいません。さあ、ここまで騒げばもう確実に人が来るはず。この血まみれ姿を見つかれば僕は医者の元へと搬送確実。僕が寝台で横になっている間に、あなたたちだけで争って皇位を決めるといいでしょう……」

と、そこで俺と一虎は目を見合わせた。

三龍の鳴らした鈴だけでなく、床を砕く大音も周囲に喧《やかま》しく響き渡ったはずだというのに、一向に誰も駆けつけてくる気配がないのである。

警護兵がひしめく宮中だというのに、誰も来ない？　なぜ？

その理由は、いつの間にか俺たちの背後に忍び寄っていた。

「あんたたち、いつまで阿呆《あほう》を晒《さら》しているつもり？　それとも、阿呆っぷりを見せつけることで皇帝の座から降りようって肚？」

嘲るような声に振り返る。

気怠《けだる》そうに己を扇で煽《あお》ぎながら立っていたのは、姉の二朱だった。

長身痩軀《そうく》にして容姿は端麗。常に纏っている錦衣は太腿《ふともも》まで切れ目の入った煽情《せんじょう》的な代物で、もし花街にでもいればたちまちに大尽から身請けが殺到したであろうほどの色気を放っている。

ただ、その華々しい見た目に騙《だま》されてはいけない。彼女もまた皇帝から強さを認められた継承候補者の一人だ。とりわけ彼女は、侮れない特技すら持っている。

「そうやって無様晒してても無駄よ三龍。このあたりの人払いはもう済ませてあるから」

「……読まれていたのですか」

「ふん。あたしの『読み』を舐《な》めないで欲しいわね。あんたらの底の浅い計略なんか手に取るように透けて見えるのよ」

時に世間では妖術の類と称されるほどに、先読みや姦計《かんけい》に長《た》けているのだ。

もちろん実際は怪しげな術などではない。彼女の頭脳と情報収集力が可能にする先手打ちの極致である。

三龍の卑劣な性格。彼が仮病を使っていたことや、血糊の材料を買い集めていたこと。

そして演武場への招集といった諸々《もろもろ》の状況を把握できていれば、決闘の回避のために吐血の発作を装うことも十分に想定できた。今回のこの人払いも決して不可能ではない。

「さ、馬鹿やってないで早く演武場に行くわよ。あたしはどうせ負けて候補脱落でしょうから気楽なもんだけど」

「待ってくれ姉上。勝つのは誰の見込みなんだ？」

扇を畳んですたすたと演武場の方に歩み去っていく二朱を俺は呼び止める。彼女はこちらを振り向いて、意地悪そうに舌をぺろりと出す。

「さあどうかしらね？　まあ四玄、あんただったらご愁傷様と言わせてもらおうかしら」

可能性を示唆されて焦りそうになるが、必死で自分を落ち着ける。これも二朱のお得意の心理戦かもしれない。今の時点で先が読めているというよりも、むしろこうやって着々と布石を敷いて自分の望む未来に近づけるのだ。

だから可能性は三分の一になっているわけではない。二朱も候補のまま、依然として四分の一だ。惑わされるな。

人払いのせいで一向に目撃者が来ないことに諦めたらしい三龍も、血糊まみれのまま立ち上がり、気乗りしない様子でトボトボと演武場に向かっていく。一虎は逃亡しないようにその背を見張っている。

「負けるのは――俺だ」

先を行く兄姉《きょうだい》たちの姿を睨《にら》みながら、俺は拳を固く握った。

＊

「武器なんていらねえ！　オレは素手で十分だぜ！」

「無理ですお父様。兄弟たちと争うなんてあたしにはできませんわ……」

「こんなときに持病の発作が……！」

そして決闘開始一秒後の状況がこれである。

ちなみにこれらの台詞《せりふ》が乱れ飛ぶ間、俺も当初の予定どおり白目を剥《む》きながら道場の床に倒れ込んでいる。

決闘の規則はこうだ。

各自に渡された木刀を真剣と見立て、急所に木刀での一太刀を浴びれば負け。つまり木刀以外の攻撃は無効ということで、素手ではいくら攻撃を与えても勝利条件は満たせない。

この規則に沿えば、一虎は木刀を投げ捨てた時点で自ら分かりやすく勝利を放棄したということになる。後の二人は陳腐な演技で戦意喪失を装っている。

開幕たったの一秒でこの惨状とは。

なるほど、俺の想像した以上に苛烈な死闘だった。

「……お前らという者は」

この様子を脇から見ていた皇帝がうんざりと眉間にしわを寄せた。

この演武場は本来、歴戦の猛者たちが華麗な御前試合を行う舞台である。床の板張りは最上級の黒檀《こくたん》。四方の壁面には螺鈿《らでん》の装飾。錦で覆われた高座は皇帝用の観覧席だが、今の皇帝は太刀筋を見極めんとするためか、見届け人のごとく俺たちのすぐそばに立っている。

その試みもすべて無駄に終わったが。

と思いきや、皇帝はすぐにこちらに叱咤《しった》を飛ばしてきた。

「一虎、武器を拾え。二朱、お前はそんな甘い人間ではあるまい。三龍、仮病はよせ。四玄、斬られていないのは見えているぞ。全員今すぐに試合を再開しろ」

そうは言われて全員が渋々と木刀を握るも、誰一人として覇気はなかった。自ら仕掛けるつもりはさらさらなく、隙を丸出しにして敵からの打ち込みを待つだけ。無謀にも斬りかかってくる者がいれば、わざと斬られて脱落しようという計算だ。

もちろん誰も動こうとはしない。攻撃を仕掛ければ相手を利するだけなのだから当然である。

このまま硬直状態に陥ろうかというとき。

――待て。

俺の脳裏にある発想が閃《ひらめ》いた。

木刀で急所に一太刀を浴びれば失格なのだ。ならばこちらから突っ込んで、わざと自分の急所を相手の木刀にぶつけてしまえば一抜けできるのでは？

俺がそう思い至った瞬間には、もう一虎が動き始めていた。

普段は兄弟で一番馬鹿なくせに、こういう戦いにおいての野性的な勘は誰よりも鋭い。

俺が力なく構えていた木刀に向かって、自らの脳天を向けてイノシシのごとく突撃してきたのだ。

「はっはぁ！　いくぜぇっ！」

そう叫びながら俺の木刀へ頭突きを狙ってくる。突進のすさまじさたるや。既にこちらの木刀に白髪の髪先が触れかけんとしている。

「させるか！」

俺は文字通りの間一髪で木刀を背面に引き隠し、一虎の突進をいなす。

「この野郎、無駄な抵抗しねえでとっととオレを斬りやがれ……！」

「あら。真っ先に斬られるべきは非力な女性のあたしじゃなくて？」

と、突進の勢いで前傾姿勢になっていた一虎の脛《すね》を痛烈な足払いが襲った。

地を這《は》うような姿勢で足払いを仕掛けていたのは二朱である。

「てめえ！」

一虎の身が勢い余って宙に浮きあがる。地に足が着いていなければふんばりも回避もできない。

その隙に二朱は一虎の握る木刀に自らの頭をぶつけようとし――

「姉上。その場所は危のうございます」

くるり、と。

二朱の手を引いて身体《からだ》の位置をそっくり入れ替える者があった。漁夫の利を狙っていた三龍だ。

「ちょっとあんた！　何すんのよ！」

「敬愛する姉上をかばって散れるなら本望にございます」

白々しい言い訳をしながら三龍は喜々として木刀の軌道に入って行くが、

「オラぁ！」

一虎はなんと、驚異的な握力で木刀の柄《つか》をへし折り曲げた。三龍の額に直撃するかと思われた木刀は根元から捻《ね》じ曲《ま》がり、頬《ほお》を掠《かす》めるだけに終わる。

一連の攻防が終わったことを察し、全員が一瞬で散る。

達人同士の攻防。もしこの中に常人が混じっていたならば、なすすべもなく勝者に仕立て上げられていただろう。

「さすがに一筋縄じゃいかないか……」

俺も少々、兄たちを侮りすぎていたかもしれない。人格は肥溜《こえだ》めと形容して構わない腐れっぷりだが、腕っぷしだけは評価と警戒に値する。

牽制《けんせい》の睨み合いは続く。

木刀をへし折って緊急回避できたとはいえ、さきほど先制攻撃を仕掛けた一虎は敗北寸前に追い込まれた。

先手を打って飛び込むのは不利と誰もが悟った。今はそれゆえの硬直状態だ。この状況を打破するためには――

「聞いてくれ皆！　俺はもう覚悟を決めた！」

そう言って俺は木刀をまっすぐに構えた。隙の無い完璧な姿勢で。

「兄上、姉上。俺は本気であんたたちを倒しにいく。かかってこい」

事実、このとき俺は本気で彼らを倒すつもりになっていた。ゆえに、そこから放たれる闘気に嘘《うそ》はない。

予想どおり、武人として卓越した嗅覚を持つ一虎は、その気配を察知してすぐに飛び込んできた。

「ついに覚悟を決めたか四玄！　立派になってくれてオレは嬉《うれ》しいぜ！　お前こそ皇帝にふさわしい！」

「ああ虎兄。俺は全力で――」

突っ込んで来る長兄の鼻先に木刀を向ける。しかし木刀よりも先に迎撃を仕掛けたのは、俺の足裏だ。完全にわざと当たるつもりだった一虎は回避もできず、

その顔面に跳び蹴りが直撃。

規則では木刀での攻撃でなければ有効打ではない。

ならば徒手格闘でぶちのめしてから相手の木刀に触ればいいだけの話である。二朱が先ほど仕掛けた足払いがその発想を与えてくれた。

「かっ……！」

ばたりと一虎が昏倒《こんとう》して、木刀を握ったまま仰向《あおむ》けにひっくり返る。

好機到来。すかさず俺と二朱と三龍が集い、樹液に群がる昆虫のごとく一虎の木刀に頭をコツコツと触れる。これでしっかりと敗北条件は満たした。

「見ましたか陛下！　勝者は一虎殿です！」

喜々として振り向いた俺に、皇帝が穏やかな笑みと拍手を送る。

「ああ、とくと見させてもらったぞ四玄。確かに規則上は一虎の勝利だな」

「っしゃ！」

「しかし勝負というのは複雑怪奇なものだ。試合に勝って勝負に負けるということもあれば、その逆も然《しか》り。此度《こたび》の一虎は勝者でこそあれ、勝負としてはどう足掻《あが》いても敗者だった。武技が秀逸でも、ひとえに思慮が足りぬゆえか」

歓喜しかけた俺だったが、皇帝の言葉が一虎への批判にも聞こえたので、すかさず擁護を入れておく。

「ですが、勝ちは勝ちです。間違いなく一虎は勝ったのです。運も実力のうち。これも武神に愛された一虎だからこそ得られた勝利の形といえましょう」

「お前という奴《やつ》は……よくそこまで心にも思っていない称賛を並べられるな」

呆《あき》れたように皇帝は首を振った。

と、そこで俺は場に違和感を覚えた。

よく見れば、いつしか演武場の観覧席には重臣や衛士《えじ》たちがぞろぞろと集まってきていた。まるで何かの儀式でも行うかのように。

「もとより此度の勝負、規則上の勝ち負けは見ておらん。お前たちが敗北を狙おうとするのは目に見えていたからな。故に余は『目的を達成するために最も優れた動きができる者は誰か』を見極めようとしていた」

嫌な空気が流れ始める。二朱と三龍が忌まわしいものから逃れるかのように俺から距離を置き始める。

「悩んだのは、お前と二朱のどちらを真の勝者とすべきかだった。二朱は先に足払いを仕掛けるところを見せて、『素手で闘う』という発想をお前に植え付けたからな。だが……」

「深読みが過ぎますわお父様。あたしにはそんな魂胆はありません。兄様を倒そうとただ必死に足払いをしただけです」

「このとおり証拠がない。巧妙とはいえるかもしれんが、皇帝としては迂遠《うえん》な手口よりも威を見せた方がふさわしいと取りたい」

　このとき、姉のこめかみに少しだけ冷や汗が浮いていたのを俺は見逃さなかった。なんたる不覚。まんまと乗せられたというわけか。

「ともかく最終的に勝負を決めたのはお前だ。ゆえに、余の次の皇帝は四玄。お前を筆頭候補として考えていくこととする。ここにいる臣下たち全員が、この継承をかけた勝負の見届け人だ。もはや逃れはできんぞ」

　皇帝がそう言うと、臣下たちが俺に向けて一斉に拍手を打ち鳴らし始めた。同時に強烈な眩暈《めまい》が俺を襲った。

　俺が次期皇帝。

　皇子としての気ままな生活は終わり、これから政務と軍務の激務に追われ続け……

「明日からは後継者としての英才教育を施す。これから毎日、朝の四時にはこの演武場へ来るがよい。余自らが生きるか死ぬかの猛稽古を付けてやろう」

しかし翌日、俺が演武場に向かうことはなかった。

なぜならこの日の夜、宮廷からの家出を決行したからである。

＊

皇帝も兄たちもどうかしている。

所詮、俺は妾腹《しょうふく》の子である。十歳のときに宮廷に迎えられるまでは、自分が皇子だということも知らずに貧民街で駆けまわっていたような人間だ。

確かにそんな生まれ育ちを補ってあまりある能力と人望を備えてはいるものの、やはり伝統と格式が重要視される皇帝の地位にふさわしいとは思えない。

その事実をもってして、なんとしても彼らを説得せねば。

「なあ、次の皇帝ってどの皇子がふさわしいと思う？」

「はあ？」

宮廷のお膝元たる安都。碁盤目状に整えられた広大なる都市——その外れに位置する貧民街にある立ち飲みの屋台で、俺は店主の親父《おやじ》に尋ねていた。

皇子としての衣は家出の際に捨て置いた。今の俺が纏《まと》っているのは、庶民に紛れていても不自然のない、麻編みの粗末な装束である。

「なんだよ兄ちゃんいきなり。酒の話題にしても突飛すぎねえかい？」

猪《いのしし》の臓物煮が盛られた小椀を突き出しながら、屋台の親父が小首を傾《かし》げた。

「いや実は、俺の仲間内で次の皇帝が誰になるか博打《ばくち》を張っててな。選ぶ参考に情報を集めてるんだよ。いいアテをくれたら勘定にちょっと色を足してもいい」

そう言って俺は銅銭を数枚ちらつかせる。大した額ではないが、世間話の報酬としては上等なくらいだろう。

案の定、がめつそうな屋台の親父は嬉しそうに笑った。

「なんだ博打かい。畏れ多くも陛下の跡継ぎを賭け事にすったあ、兄ちゃんもなかなか度胸あんねえ……だが俺に聞いたのは大正解だぜ。こんな商売してたら酔っ払いどもの本音が嫌ほど耳に入ってくるからな」

「ああ、そうだと思った。それで、誰が一番評判がいいんだ？　やっぱり最有力候補は第四皇子の四玄か？　最も強く人格的にも優れているからな……」

「何言ってんだ兄ちゃん。そりゃ節穴が過ぎるぜ」

危惧していた予想は一蹴される。めでたいはずなのだが、なぜか少し悔しい。酒の椀をやや深めに傾ける。

「それなら第一皇子の一虎か？　やはり長兄というのは印象がいいからな。救いがたいほどの阿呆《あほう》だが、補佐の役人がいればまあ……」

「はっは、冗談きついぜ。あの皇子はこの間花街でとんでもねえ馬鹿を晒《さら》したって聞くぜ。ああいう御仁も嫌いじゃねえけどよ、キワモノの部類だろ」

長兄はキワモノ扱いされて候補から脱落した。彼の作戦が成功した形だが、末代まで拭えぬ傷を残しているような気がする。これが将来の傾国の種にならねばよいが。

「それなら第二皇子の二朱か？　あの美貌は人心を惹《ひ》くのも頷《うなず》ける」

「馬鹿言っちゃいけねえよ。あのお方ぁ確かに別嬪《べっぴん》だけど、怪しい妖術を使うんだろ？百里を見るとか敵を呪い殺すとか……。そんなおっかねえ御仁が皇帝なんぞになったら、俺たちゃ金玉が縮み上がっちまう。お上への不満も吐けたもんじゃねえ」

なるほど。彼女の能力がかえって悪い方に働いたようだ。妖術という比喩が額面通りに解釈されて、あたかも魔物のような存在として恐れられているらしい。巷間《こうかん》ではインチキ紛《まが》いの祈禱《きとう》や呪術なんかがよく蔓延《はびこ》っているし、おどろおどろしげな噂《うわさ》が立つのも無理からぬ話といえる。

しかし二朱も候補外となれば――

「そうすると消去法で、第三皇子の三龍ということになるな。あの卑劣漢っぷりはとても皇帝の器とは思えないが……まあ他が駄目ならそれしかないか」

「なぁに言ってんだい。その三龍って皇子殿は細っこい優男って話じゃねえか。そんな青二才が陛下の代わりになるわけねえだろうがい」

まさかの三龍まで否定され、俺は目を丸くした。そうなるとまた一周回って俺ということだろうか？

しかしそれは節穴とまで言われ否定されたはずだ。

首を捻《ひね》る俺を前にして、店主の親父は講釈顔でふん反る。

「ったく、賭けなんぞする癖にまるで見立てがなっちゃいねえな兄ちゃんよ。この安都で百人に聞きゃあ百人がこう答えるだろうさ。『次の皇帝にふさわしいのは、我らが第五皇子・月天丸《げってんまる》様だ』ってな！」

第五皇子と聞いて、俺は途端に呆《ほう》けた面になった。

「月天丸……？　誰だそいつ？」

俺たち兄弟にそんな弟はいない。

「おい兄ちゃん？　まさかこの安都で月天丸様を知らねえのかい？　まさかよそ者か？」

失敬な。よそ者どころか、この都の中央も中央のど真ん中で暮らしている。だが、ある意味で世間からは若干の距離があるといえるかもしれない。

「あ、ああ。実は最近まで外地を旅してたんだ。そのせいで近頃の話題に疎くて。だからこうして街中で話を聞こうってわけで」

「なるほどな、そういうことかい」

合点がいったように屋台の親父が頷く。その第五皇子とかいうけったいな人物を知らないのは、そこまで不自然なことなのか。

「月天丸様は、そりゃあ偉大な人よ。悪徳商人や金貸しの蔵から財物を盗んじゃ、それを貧しい人々に惜しげもなく分け与えるんだ。あんなお方が皇帝に即位してくれりゃあ、この国はもっとよくなるに違いねえ」

「へえ。要するに、義賊か」

ただの盗人《ぬすびと》ではなく、そういう正義心をこじらせた輩《やから》が時折現れるというのは知っていた。過去にもこの都ではそうした盗人が跋扈《ばっこ》したことがある。中には最後までお縄にならず、伝説のような形で名を残している者もいる。

宮廷の役人などからすれば「無暗《むやみ》に正義を標榜《ひょうぼう》する、言い訳がましいだけの盗人」なのだろうが、元が貧しい育ちである俺はある程度の好感を持っている。

盗んだ財宝から多少の私腹を肥やしても、それは手数料というものだ。

「でも、第五皇子ってのはさすがに自称だろう？　本物の皇子が盗みなんてするわけない」

「だろうなあ。だけど、噂があんだよ。以前に皇帝の隠し子が庶民に紛れてたってよ……。今宮廷にいる四人の皇子のうち、一人はその隠し子だって話だ。もしかすると月天丸様もそういう一人かもしれねえ」

その噂の隠し子とは俺のことである。

若かりし日の皇帝がお忍びで都を遊び歩いていたとき、母と巡り合ったために産まれたのが俺だ。これだけ聞くと何やら風情のありそうな雰囲気だが、当の母曰《いわ》く「酒場で意気投合した若気の勢いで」という何とも微妙な経緯である。正直、息子としてはあまり聞きたくない。

それから月日が経《た》ち、皇帝の耳に『貧民街に住むやたらと強い子供』の噂が届くに至り、ようやく宮廷から使者が送られてきた。それまで存在は一切知らなかったらしい。

母も同時に宮廷に迎えられたが、心臓の病にかかって数年後に亡くなった。

葬儀は決して盛大ではなかったものの、列席した皇帝の誠意はしかと伝わってきた。母も宮中暮らしを数年間は満喫していたから、未練はなさそうではあった。

「隠し子か……」

ただ、そんな経緯がある以上、必ずしも皇帝の隠し子が俺一人とは限らない。若い頃に奔放をしていれば、月天丸とやらも本当に皇帝の落胤《らくいん》という可能性がある。

──もし本当にそうだとしたら？

義賊として盛大な支持を得ている第五皇子。この存在が正式に認められれば、これはもう即位待ったなしである。

皇帝の求心力はうなぎ登りとなり、国は強く豊かとなる。貧民を想《おも》う心もあるならばきっと名君になるだろう。少なくとも一虎や二朱や三龍といった現皇子勢とは比べ物にならない。なにしろ奴《やつ》らは粒ぞろいの屑《くず》である。

「そうか……これはとんだ希望が湧いてきたぞ。誰も損しない完璧な構図じゃないか」

「兄ちゃん？　なんだいブツブツと独り言なんか呟《つぶや》いて」

「なあ、もう一つ質問いいか？」

俺は興奮を抑えきれずに屋台に身を乗り出す。そして満面の笑みで聞く。

「その月天丸っていうの。次どこに出そうか分かるか？」

＊

幸いにも月天丸の犯行様式は実に目立つものだった。

まず予告状を悪徳商人や金貸しの邸宅に矢文で射《う》ち込む。そしてそれと同じ文面を街中の塀や壁に貼りまくる。

そうして集まった大量の野次馬《やじうま》の前で、見事に悪党の財物を掠《かす》め取《と》ってみせるわけだ。

「派手好きっていうより、野次馬を利用してるんだろうな……」

人混みの中で俺はぼそりと呟いた。

最新の予告状が貼られていたのは、寂れた長屋の土塀だった。普段は人気《ひとけ》もなさそうな貧民街の一角だが、今は予告状の実物を見に大量の野次馬が押し寄せている。ちょっとした騒ぎになっているほどだ。

実際の現場でもこの騒ぎを起こすことこそが月天丸の狙いだろう。

商家の周りに大量の野次馬が集えば、どこに月天丸が紛れているか分からないから、警備を分散せざるを得ない。

さらに逃げるときも人混みに紛れてすぐに姿をくらますことができる。

大胆不敵なようでいて、実は用意周到な盗人と見える。

目の前の予告状に手製の印が捺《お》されていることからもその性格が窺《うかが》える。安直な模倣犯を防ごうとしているあたり、かなり性根は生真面目なのだろう。

そして肝心の文面はこうだ。

『新月の鼠日《そじつ》。四つ八の辻《つじ》。悪辣なる阿片《あへん》売りの財を清めに参ずる』

新月の鼠日というのは今日のことだ。四つ八の辻とは都の区画を示す符号。そして最後は標的。

名指しをしないのは上手《うま》い。これで警備を固めれば、自らが阿片売りであると自白しているも同然となる。

とはいえ、念のための自衛と主張されればそれまでだ。

おそらく阿片売りとやらは証拠隠蔽やら賄賂やらで上手いこと立ち回って、役人からは摘発を受けないようにしているのだろう。そうした真っ当な官吏の手の届かぬ悪を裁くのが月天丸というわけだ。

「といっても、情けない話だな。うちももう少しはしっかりして欲しいもんだ」

父である皇帝は基本的に取締の綱紀粛正を厳しくしている方だが、どうしても手の回らぬところもある。

月天丸が晴れて皇帝の跡継ぎとなった暁には、ぜひその辺を現場目線でよりよく改革してもらいたい。大いに期待している。

俺はそっと予告状に背を向けて、四つ八の辻の方へと足を運ぶ。ある決意を胸に固めて。

その決意とは――今夜、月天丸と接触し、宮廷に連れていくことである。


機を待つこと数時間、日は暮れて着実に予告の時刻が迫る。

夜の辻は熱狂していた。

野次馬たちが所狭しと往来を埋めており、周囲の土塀の上には行燈《あんどん》が大量に置かれて昼日中のごとく道を照らしている。

俺は辻から少し離れた場所に立つ樹《き》に登って熱狂の様子を見下ろしていた。

「あの屋敷か」

『我こそが阿片売り』とばかりに物々しい警備を固めている屋敷はすぐに見つかった。周りの家の粗末な土塀と違って、そこだけは漆喰《しっくい》塗りの真っ白な塀を誇っている。さらにその塀の周りには等間隔に雇われの用心棒が配置されている。

敷地内に立つ家屋や蔵も外壁は石造りで頑丈さを窺わせる。目当てはやはり、最も警備の固められた最奥の蔵だろうか。

さて、話題の義賊はどう攻めてくるか。

手並み拝見と俺が待ち構えていた、そのとき。

――辻周りの土塀に置かれていた行燈のうち、ある区画のものが複数同時に消えた。

屋敷の漆喰塀の上にも松明《たいまつ》はある。真っ暗闇になるということはなく、煌々《こうこう》とした明るさが夜らしい薄暗さに落ち着いただけだ。

しかし、明るさが失われた一瞬の隙。用心棒と野次馬たちの目が切り替わる一瞬の間に、音もなく漆喰塀を一跳びで越えていった者がいた。

「あいつだな」

金雇いの用心棒どもの目は出し抜けても、俺の目はごまかせない。それでも、少し気を抜いていれば見逃したかもしれない。悪くない動きだった。

人混みに紛れて意識の死角を衝《つ》いてくる手法かと思ったが、体捌《さば》きの素早さだけで一瞬にして物陰の闇から闇へと移動していった。

ただの小器用な物盗《ものと》りではなく、確かな身体能力を備えている。あれなら皇帝の嫡子というのも十分あり得る。いいや、そうに違いない。そうであってもらわなくては困る。

否応《いやおう》にも期待が高まってくる。

こうして月天丸を見つけてしまえば後はこっちのものだ。

ここから屋敷へと乱入。そして正式な皇子として宮廷に来るよう要請する。

一点の隙もない完璧な計画だ。

次期皇帝の座に就けるとあらば、きっと喜んで引き受けてくれるに違いない。

「よっしゃ」

俺は樹から降りて屋敷へと疾走を始める。早くしなければ月天丸がさっさと仕事を終えて去ってしまう。

なにしろ俺の弟である。蔵の周りにも何人か用心棒がいたようだが、その辺のゴロツキ程度なら、あっという間に全員音もなく片付けてしまうだろう。

——急がねば。

地を踏み蹴り、一陣の風とでもいうべき速さで俺は駆けた。

だが、事はそう上手く運ばなかった。

「ぐぁっはっはぁ！　思い知ったかこの薄汚い盗人！　無様なものだなぁ！」

脂ぎった悪人面の老人が口角泡を飛ばしながら呵々大笑《かかたいしょう》している。

月天丸の要領を真似《まね》して侵入した屋敷の敷地内。首尾よく塀を跳び越えて木陰に潜むことができたのはよかったが、そこで俺を待っていたのはあまりにも予想外な光景だった。

気絶した用心棒が何人か倒れているのは理解できる。月天丸にやられたのだろう。

だが、当の月天丸と思《おぼ》しき黒装束の人物が、屋敷の庭石に縛り付けられていたのは予想外だった。

「ざまあ見るがいい！　なぁーにが義賊だ！　人様が苦労して稼いだ金を掠《かす》めるだけの卑しい虫ケラごときが！　儂《わし》がどれだけコツコツ真面目に苦労して悪事に取り組んできたと思っとるんだ！　ああ⁉」

月天丸の正面に立って喚《わめ》いているのはおそらくこの屋敷の主——阿片売りだろう。その背後にはまだ数多くの用心棒がぞろりと並んでいる。

「儂だってなあ！　いつお縄になるかギリギリのところで戦っておるんだ！　その稼ぎを何の覚悟も危険もなくのうのうと暮らしている愚民どもになぜ分け与えんといかん⁉　悪徳だから楽だと勘違いしてくれるなよ！　立身の苦労を一晩中ここで聞かせてやろうか⁉」

勝ち誇るこの阿片売りの勢いときたら、半狂乱に近い有様である。

俺はざっと用心棒たちを見渡す。

そこまでの腕利きがいるようには見えない。少なくとも、ここの屋敷に侵入した月天丸の身のこなしを見た限り、ここにいる誰にも後れは取らないはずだ。

――となると。

状況が理解できた。これはおそらく、月天丸の作戦の一環なのだろう。わざと捕まったふりをして、得意げになった首魁《しゅかい》の阿片売りをおびき出そうという魂胆だ。

実際、ああして異常なほど得意げになって姿を現している。

相手が油断した隙を衝いて縄を抜け、颯爽《さっそう》と阿片売りを始末して退散するのだろう。

「さぁて。儂の金を掠め取ろうとしたからには、相応の覚悟はしているな？　命乞いの一つでもしてみたらどうだ？」

「ふん、悪党め。どうせ見逃すつもりはないのだろう。さっさと殺したらどうだ」

と、ここで月天丸が初めて阿片売りの言葉に応じた。目元だけを出した覆面のせいで表情は分からないが、視線は敵愾心《てきがいしん》を剝《む》き出《だ》しに目の前の老人を睨《にら》んでいる。

「はっ、そのとおりだ。この状況でそこまで啖呵《たんか》を切れる度胸はさすがだが――」

阿片売りが月天丸の覆面を摑《つか》んだ。

「この状況でその目つきは気に喰《く》わんな。虚勢か？　もう少し怯《おび》えてみたらどうだ」

覆面が引きちぎられ、月天丸の素顔が顕《あら》わになる。

そこにあったのは、

「……ほう？」

まだ幼さを残した少女の姿だった。

歳《とし》の頃はまだ十三か十四かといったところか。先ほどまでの凛々《りり》しい声色とは裏腹に、淡い髪と瞳の色は華のような可憐《かれん》さがある。

そして同時に、月天丸にとっての好機が訪れた。

月天丸の正体が年端もいかぬ少女だったということもあり、阿片売りの老人はやや意表を突かれていた。縄を抜けて不意打ちをかますならこの瞬間を置いて他にない。

――今だ。

内心で合図しつつ俺は事の趨勢《すうせい》を見守る。だが、月天丸は一向に動きを見せようとしない。

そうこうしているうちに阿片売りが下卑な笑みを浮かべ始めた。

「これはこれは……なかなか面白い正体だったな。早々に殺してしまわなくてよかったよ。これなら単に痛い目に遭わせるより、もう少し面白いいたぶり方がありそうだ」

今度は月天丸の黒装束の胸元に手が伸ばされた。乱雑に装束の布地が掴まれ、今にも剥《は》ぎ取《と》られんとしかけたとき、

「ぐぁっ！」

ついに動きがあった。いよいよ反撃かと思ったが、

「くそ！　このガキめが！　放せ！」

月天丸が老人の腕に嚙《か》みついて抵抗していた。だが、それだけだった。縄抜けも不意打ちもできてはいない。嚙みつきにせよ、老人の服の袖に阻まれてそこまでの攻撃になっていない。悪あがきとしかいいようのない行為だ。

阿片《あへん》売りは月天丸を引き剝《は》がそうとしつつ、用心棒たちに叫ぶ。

「お前ら！　このガキを引っぺがせ！　死んだ方がマシな辱めに――」

ここに至り、さすがに俺も状況を察した。

そしてその瞬間には、もう木陰から瞬足で飛び出して阿片売りの顔面に飛び蹴りをめりこませていた。

「……がっ」

悶絶《もんぜつ》の呻《うめ》きを上げて地に崩れ落ちる老人。袖に嚙みついたままだった月天丸は、目を丸くしてその口を半開きにしていた。

「助けるのが遅くなって悪かった。まさか本当にやられてるとは思わなくてな……すまん」

「は……？」

庭石に縛られていた月天丸の縄を力ずくで引き千切り、謝罪に軽く頭を下げる。

「新手か⁉　逃がすな！」

と、そのまま月天丸を連れ去ろうとする前に、周りを用心棒たちに包囲された。数は十人かそこらといったところか。

「月天丸。ちょっと伏せてろ」

未《いま》だ状況を呑《の》み込《こ》めていない様子の月天丸の頭を押さえこんで、庭石のすぐそばで縮こまらせる。

「かかれ！」

ほとんど同時に、用心棒たちが襲い掛かって来る。

だが、あまりにも鈍重だ。

一虎ほどの迫力も、二朱ほどのしなやかさも、三龍ほどの技巧もあったものではない。

俺は腰に提げてあった剣の鞘《さや》を軽く鳴らした。

一閃《いっせん》。

振り抜かれた太刀筋は襲い来るすべての武具を斬り砕き、武具の持ち手たる用心棒たちの身をも軽々と吹き飛ばした。

「だ、誰だ……？　貴様」

それを呆然《ぼうぜん》と見ていた月天丸は、地に尻を付けたまま混乱したような視線を俺に向けていた。

安堵《あんど》させるべく、俺は爽やかに笑ってみせながら告げる。

「——お前の兄だ」

＊

「放せぇっ！　この人攫《ひとさら》いめがぁっ！」

「大丈夫大丈夫、暴れるな安心しろ。今からいいとこ連れてってやるから」

「それこそ人攫いの甘言だ！　騙《だま》されるものか！」

すっかり元気になった月天丸を肩に担ぎ、俺は夜の都を駆けていた。人攫いという物騒な言葉に街角の人々が反応することもあるが、俺の足についてこられる者はいない。

なぜこんな状況なのかというと、自己紹介してすぐに月天丸を抱えて逃亡したからである。

武器を破壊して吹き飛ばしたとはいえ、用心棒たちの意識まで絶ったわけではなかった。

あのまま増援を呼ばれて乱戦になっては、月天丸が巻き込まれるおそれがあった
そういうわけで、さっさと身柄を確保してあの場から離脱したのだ。

しかしそのせいで詳しい事情を話せず、月天丸はこちらに警戒の色を向けたままである。

「さては貴様、他の悪党に依頼されて私を攫いにきたのか⁉　おのれ卑劣な……！」

「違う違う。落ち着けって。俺は味方だから」

さきほどから月天丸は肩の上でじたばたと暴れているが、腕力は案外と大したものではない。担ぎ方を工夫してこちらの急所に手が届かぬよう動きを制限してやれば、さしたる脅威にはならなかった。

まあ、歳もまだ若く女子である。俺と比べて正面からの腕っぷしが劣るのは仕方ない。

「しかしな月天丸。さっきの屋敷なんだが、あの程度の用心棒たちに捕まったのは感心できんぞ。寄せ集めの烏合《うごう》の衆だったろ」

「う、うるさい！　あの程度の連中に負ける私ではないわ！」

「だけど捕まったんだろう？」

「私を捕まえたのはあいつらではない。一人だけ手練《てだ》れがいたのだ」

急に月天丸は暴れるのをやめ、不貞腐《ふてくさ》れるようにそっぽを向いた。

「手練れ？」

「あの阿片売りの悪党が凄腕《すごうで》の用心棒を雇ったという噂《うわさ》があったのだが、おそらくそいつだ。私が侵入して何人か用心棒を倒したとき、赤い頭巾を被《かぶ》った槍《やり》使いの大男が挑んできてな……。初撃はかわしたが、二発目で槍の石突を腹に受けてしまった。それでまあ、動けなくなって捕まったわけだ」

「腹に受けたって、大丈夫か？　怪我《けが》はないか？」

「もう平気だ。ちょっと痛んだだけで、急所も避けたから問題はない」

俺が乱入した時点で、赤い頭巾の大男はもういなかった。月天丸を倒した時点で仕事を終えたと判断して、屋敷の中に引っ込んだのかもしれない。

「まあ、何はともあれ俺が間に合ってよかった。今後はあんまり無茶《むちゃ》なことはするなよ」

「だから何様だ貴様！　どういう立場で私に説教なぞする！」

「兄貴の立場だよ、さっきから何度も言ってるだろ」

「ふざけるな私は天涯孤独の身！　兄などおらん！」

「え？　でも、第五皇子なんだろ……？」

月天丸が俺の肩の上で眉をひそめた。

「あのな貴様。義賊が高貴の落胤《らくいん》を自称するのはお約束というものだろう。そのくらい吹かした方が野次馬《やじうま》も集まるから仕事がしやすいしな。あのような挨拶を真に受けていたのか？　愚かもいいところ……ん？　私を本当に皇帝の子と思っていて、その兄を名乗るということは貴様……？」

「待った」

怪訝《けげん》な顔になりかけていた月天丸の言葉を途中で制する。

「嘘《うそ》？　皇子の自称は出まかせだって……？」

「だからそうだと言っているだろう。ま、父も母もどこの誰とも知れんから、豪猪《ごうちょ》の毛から一本の金糸を引き抜くほどは可能性もあるやもしれんがな。それより貴様、皇子の兄とはどういう」

「なら諦めんな！」

俺がいきなり熱くなったので、月天丸は「は？」と首を傾《かし》げた。

「諦めるなって……何をだ？　というかこっちの話も聞け。貴様まさか本物の皇」

「可能性があるなら、どんなに小さくてもそれを信じるのが男ってもんだろう。いいか、俺はお前を妹だって信じるからな。いいか、お前は絶対にこの国を背負う皇帝になるべき人間だ。だから自分を皇子と信じろ」

「待て貴様。話が見えんぞ。いったいどういう話なのだこれは？」

決まっているだろう、と俺は言を強くする。

「お前を次期皇帝にする話だ」

そのためには何よりもまず、皇帝に月天丸を嫡子と認知させる必要があった。


このまま月天丸を連れて皇帝の元に直行して直訴——といきたいところだったが、そう簡単にはいかなかった。

「生贄《いけにえ》がノコノコ帰って来たぞ！　囲んで潰せ！」

「諦めておとなしく皇帝とおなり！」

「四玄。あなたの尊い犠牲は忘れませんよ……」

門番の目をかいくぐって宮廷に舞い戻るなり、阿呆《あほう》の兄姉《きようだい》たちに包囲されたのだ。ある程度付き纏《まと》われることは想定していたが、さすがに早すぎる。

「くっ。なぜ俺の動きを摑《つか》めたんだ」

「あんたの匂いを番犬に覚えさせといたのよ。戻ってきたらすぐに吠《ほ》えて知らせるようにね」

二朱がけろりとした顔で答える。

どうりで、城内に放たれていた犬の数が普段より多かったはずである。門番の目は盗めても、犬の鼻は想定外だった。

俺の退路を阻んで仁王立ちする一虎は邪悪に笑っている。

「いやあ四玄。オレは嬉《うれ》しいぞ。ついに皇帝になる覚悟を決めて戻って来たんだな。心の底から応援するぜ──で」

「そちらの子は誰ですか？　皇帝になる者が人攫いとは感心しませんが」

言葉を引き継いだ三龍が、俺の担いでいた月天丸を指さして尋ねてくる。

一虎はこちらを睨《にら》みながら舌打ちをして、

「まさかてめえ、犯罪に手を染めて皇帝の資格を失おうってのか？　男の風上にも置けねえゲスの考えだな」

この発言は全員が無視。

状況が把握できずに目をあちらこちらへと動かしている月天丸を、俺はゆっくりと地面に立たせる。

「聞いてくれ皆。俺はただ無責任に家出をしていたわけじゃない。俺よりももっと皇帝の跡継ぎにふさわしい奴《やつ》を見つけてきたんだ。こいつは義賊として民草の間に名を轟《とどろ》かせる第五皇子・月天丸──つまりは俺らの妹だ」

沈黙。

少しばかり間を置いて、こちらに寄ってきた二朱がぽんと月天丸の両肩に手を置く。

「御免なさいねお嬢ちゃん。うちの馬鹿な弟が誘拐しちゃって。口止めのお金は払うからこの件は忘れてくれるかしら？」

「待ってくれ姉上！　耳聡《みみざと》い姉上なら月天丸の名は知っているだろう⁉」

「知ってるわよ！　知ってるけど本物の皇子のわけないでしょうが！　常識でものを考えなさいこのお馬鹿！」

助けを求めて兄二人を見ると、

「月天丸……？　なんだそりゃ。菓子の名前か？」

「僕の情報網をしても聞いたことがありませんね」

「虎兄はともかく龍兄は無駄に知的ぶるのをやめてくれ。情報網なんか持ってないだろ。あんたも実は相当の馬鹿だっていうのはみんな知ってる」

ともかく！　と俺は声を大にする。

「苦労して見つけてきたんだぞ！　皇帝になれるようちゃんと面倒は見るからどうか兄上たちも認めてくれ！」

「駄目よ！　さすがに赤の他人を皇帝に据えるなんて認められないわ。拾ったとこに捨て

てきなさい！」

「き、貴様ら！　さっきから黙って聞いていれば人を犬猫のように！」

と、そこで月天丸が抗議を叫んだ。

未《いま》だに理解は追いついていないようだが、とりあえず目の前の非礼に食いついてみたという感じだ。

「そも、貴様らは何者だ！　まさか宮廷が人攫《ひとさら》いをしているというのか⁉　それならばこの月天丸、容赦はせん！　命はここで果てようとも貴様らの一人でも道連れに」

「落ち着きなさいな」

「ふぺっ」

実に情けない声とともに月天丸が芝生に組み倒された。文字通りに尻を敷いてその上に座り込んだのは、二朱である。

「ほら御覧なさい四玄。そこらのチンピラよりはいい腕してるみたいだけど、あたしらには遠く及ばないでしょ。こんなのが妹のわけないじゃない」

「人の資質はそれぞれだ。こいつには確かに力こそ欠けているが、皇帝になろうという意志は誰よりも純粋で強い。きっと名君になって国を豊かにしていくはずだ。俺の見立てを信じてくれ」

「待てっ！　さっきから聞いていれば誰が皇帝になるだと!?　ぜんっぜん話が見えんぞ!?　一から順を追って説明しろ！」

「ああ悪い少し静かにしていてくれ月天丸。こっちは今、お前を皇帝にするための高度な政治的駆け引きをしているんだ。すべて俺に任せてくれ」

「任せられるか！」

喚《わめ》く月天丸を宥《なだ》めようとしていると、呆《あき》れたように二朱がため息をついた。

「何一つ説明せずに連れてきたわけ？　まあ、口止めしなくていいからかえって楽だけど。面倒になる前に早く帰してきなさいな」

「そうだそうだ。潔く負けを認めろ」

「この期に及んで悪あがきとは醜いですよ四玄……」

一虎と三龍も後追いでこちらを責めてくる。だが、俺とてこのような事態を想定していなかったわけではない。

「兄上、姉上。もしこのまま首尾よく俺に皇帝の座を押し付けたところで――皇帝となった俺があんたたちにこれまで通りの待遇を敷くと思うか？」

全員の眉がぴくりと動いた。一虎が唸《うな》るようにしてこちらを睨み、

「おい四玄。そりゃあどういう意味だ？」

「皇帝となったら俺は容赦しない。次から次に激務を押し付けて寝る間もない生活にさせてやる。俺もそうなるだろうが、道連れだ」

「卑怯《ひきょう》な……なんと卑怯な！　許されませんよそんな非道徳的な行為は！」

「四玄！　あんた、あたしたちを脅すつもり!?」

「当然だ。俺一人で地獄に落ちるつもりはさらさらない。さあどうする？　このまま全員で地獄に落ちるか？　それとも――」

俺は二朱の尻に敷かれたままの月天丸を指差す。

「正義心に溢《あふ》れた第五皇子・月天丸様に未来を託すか。選べ」

「ええい！　さっきからよく分からんままに人を妙な姦計《かんけい》に巻き込むのはやめろ！　早く私を放せ！」

と、二朱が立ち上がって月天丸を解放した。月天丸はふんと鼻を鳴らして、黒装束をはたきながら立ち上がる。

「まったく、やっと放す気になったか。私はもう帰らせてもらう――」

その言葉は途中で止まった。というよりも、物理的に止められた。

なぜなら、一虎・二朱・三龍の三人が一斉に飛び掛かって来て、月天丸を三方向から一気に抱きすくめたからである。

「いだだだだだ!! 放せ! 放せ貴様ら!」

「オレの目は節穴だったぜ……! どこからどう見てもオレたちそっくりな可愛《かわい》い妹じゃねえか!」

「これからあたしのことはお姉ちゃんって呼んで構わないからね!」

「僕らも陰ながら次代の皇帝となる貴女《あなた》を支えましょう……!」

これで兄弟たちの了解は得た。第一段階の説得成功に、俺はぐっと拳を握った。

＊

「……で、お前ら。揃《そろ》いも揃って、余にそんな戯言《たわごと》を吐きにきたわけか?」

「戯言とは何ですか陛下! 俺たちはただ生き別れの妹との再会を喜んでいるだけです!」

場所は変わって謁見の間。俺たち兄弟は一致団結して皇帝の説得を試みていた。

「そうだ男としてみっともねえぞ親父《おやじ》! いい加減認めやがれ!」

「ええ、あたしの女の勘もこの子は紛れもない妹だって告げているわ」

「僕からも、早急に認知することをお勧めします……もはや言い逃れはできませんよ父上」

「お前ら。余の前でそういう薄汚い表情を浮かべるのはやめろ。不愉快だ」

確かに兄たちの表情は薄汚いとしか形容できないほどに醜悪だった。かくも表情というのは人間の内心を忠実に反映するものか。

まったく人間として、ああはなりたくないものである。

と、そこで皇帝は俺の肩のあたりを指差した。

「百歩譲ってお前たちの主張を認めるとして、なぜその『大事な妹』とやらに猿轡《さるぐつわ》をして荷物のように担いでいるのだ？」

「こうしないと俺たちのことを人攫い呼ばわりして暴れるので」

「呼ばわりではないわ。今のお前らは事実として人攫いであるわ。降ろしてやれ」

さすがに皇帝の勅命には逆らえない。俺は担いでいた月天丸を降ろし、猿轡も解いてやる。

だが、ようやく解放されたというのに月天丸は無言のままだった。

「どうした？　ここに来る途中はあんなに騒いでたのに」

「き、貴様ら……ぐだぐだとふざけたことを抜かしていたが、本物の皇子だったのか？というか、あそこにいるのは本物の皇帝なのではないか……？」

「そりゃ偽物のところに連れていくわけないだろ。お前を認知させられるかどうかっていう重大な話なんだし」

「馬鹿か貴様らは！　仮に本物の隠し子であっても認めんだろうに、私のような自称していただけの盗人《ぬすびと》ごときを認めるわけが――むぐっ！」

俺はすかさず月天丸の発言を掌《てのひら》で封じた。危なかった、自称などということがバレては計画がご破算だ。

「ともかく陛下。このとおり、この者は皇位を引き継ぐにふさわしい人物であると思えます」

「四玄よ。お前は『このとおり』という言葉の使い方を今一度学び直してこい」

皇帝は目を伏せて、玉座の背もたれに深く身を預けた。そうしてから、再び鋭い視線を作って月天丸に向ける。

「妹とかいう馬鹿どもの謀《はかりごと》はともかくとして、義賊・月天丸か。一度会ってみたいとは思っていた」

月天丸が身構える。

「私を処罰するつもりか？　いいだろう。所詮は私も単なる盗人《ぬすびと》だ。覚悟はできている」

「いいや。そなたを処分するのであれば、まずはそなたが日夜戦っている悪党どもを先に処罰せねば筋が通らん」

これに対し、月天丸は虚を衝《つ》かれたような顔となった。

「待て。それで善人ぶったつもりか？　あやつらが好き放題に庶民を食い物にしているのは、君主である貴様の無能のせいでもあろう。もっと役人どもを引き締めて市井の綱紀を正すことが筋ではないのか？」

「それればかりでは立ち行かん。たとえばある大商人は、侠客《きょうかく》と繋《つな》がって商売敵を排しこの都の商利を一手に担っている。なるほど欲に塗《まみ》れた悪人ではあるが、そやつの手腕なしには戦時に物資を調達することもままならん。暴利の金貸しどもも、戦時には大いに戦費調達で貢献してくれる。水清ければ魚棲《うおす》まずともいう。綺麗事《きれいごと》ばかりでは世の中は立ち行かん」

月天丸は俄《にわ》かに怒りの気配を放った。

「だから悪党どもの横暴を見逃すというのか」

「いかにも。しかしそれはそなたについても同じだ、月天丸。本来は令に反した盗みであれど、そなたの行いは世を思えばこそ。奴《やつ》らの悪行に目を瞑《つぶ》るのと等しく、そなたの義行にも余は目を瞑ろう」

悪人たちと同列に罪を見逃されたことに、月天丸は大きな屈辱を感じているようだった。歯ぎしりの音がこちらにまで聞こえてくる。

「時に、昨晩そなたが盗みを働こうとした薬売りだが。あの者が阿片《あへん》を捌《さば》いているというのは事実か？」

「……おそらくは。阿片売りを何人も締め上げて元締めを突き止めたのだ。あれだけ厳重に警備していたのも、やましいことがあるからこそだ」

「証拠は？」

「……ない！　昨晩、金と一緒に阿片の実物でも盗めればと思っていたが、失敗した」

そう言いながら月天丸は目で不満を訴えるが、皇帝は歯牙にもかけず掌を宙で払う。

「分かった、もうよい。その者は丁重に城下まで送り届けよ」

「しかし陛下！　見てくださいこの凛々《りり》しい目は陛下に生き写し――」

「お前はこの会話の流れでまだ余が認知する可能性を捨てていなかったのか……？」

無論である。俺も武人の端くれ。そして一度決めた誓いを簡単に曲げるようでは武人ではない。

兄たちも気持ちは同じのようだった。一虎が密《ひそ》かに持ち込んでいた徳利《とっくり》と盃《さかずき》を取り出し、五人分の酒を酌み分けている。

「親父が認めなくても関係ねえ！　この月天丸はオレたちの妹だ！　そうだろお前ら!?」

「もう、お父様ったら意固地なんですから。あたしたちが先に認めて執り成すしかありませんね」

「いずれ父上が年を召して弱った隙にでも認知を再び迫ればいいだけの話ですしね……ふふ……」

しかし、当の月天丸は興味もなさそうにスタスタと謁見の間を辞去していった。俺は慌てて廊下に出て追《お》い縋《すが》る。

「おい待った、まだ話が」

「どう考えても終わったろう。私はもう帰る。送ってもらう必要もない。一人で十分だ」

兄たちもやや遅れて駆け出して来た。

「おぉーい！　待ってくれよ、まだ盃を交わしてねえぞ」

「いらん！　こんな宮廷なんぞで偉ぶるような人間と関わるなんて真っ平御免だ！」

凄《すさ》まじい剣幕《けんまく》で月天丸が怒鳴りつけるが、一虎は飄《ひょう》々《ひょう》としている。強引に盃を押し付けてきそうだったが、それを遮ったのは二朱だ。

「ま、確かにまだ子供だし盃は早かったかもしれないわね。でも、せめて攫《さら》ったお詫《わ》びに替えの服くらいは用意させてくれる？　そんなボロボロの黒装束と草鞋《わらじ》じゃ、城下に出て怪しまれてしまうんじゃなくて？」

「む……」

「姉上は無駄に豪華な服しか持っていないでしょうから、僕が用意しましょう。付きの女官のために用意した服がまだ余っていましてね……」

　三龍がさらりと悲しい発言をする。

　経緯を知っている者からすれば「三龍が満を持して夜に誘った女官に暇《いとま》を出され、彼女の着替えとして用意した新品の麻服がまだ干されたままになっている」という過去を思い出さざるを得ない。

「駄目よ三龍。その服には邪念が染みついているわ。ここはあたしに任せなさい」

「僕の涙は邪念ですか……ふふ」

　残念ながらおそらく邪念以外の何物でもない。仮に邪念でなくても単純に気持ち悪い。

　二朱は苦い顔の月天丸の背を押して、自らの部屋に連行していった。

　さて、女人の準備というのはやたらと長い。

　兄二人と廊下に立ったまま待っていたが、途中から焦《じ》れて無言の組手を始めたほどだ。

「はーい！　馬鹿どもお待たせ！」

　そしてこちらが組手に熱中し、月天丸を待っていたことを忘れかけた頃に、ようやく二朱が戻ってきた。

連れているのは――月天丸？

「ええい！　さっさと濡《ぬ》れ布巾《ぶきん》を寄越《よこ》せ！　無駄に飾るなど気色が悪いわ！」

「ほらほら黙らっしゃい。ね？　この子ったらあたしに比べて色気が足りないでしょ？服も上なんかサラシで十分っていうし……。だからちょっと化粧で遊んであげたのよ。少しは大人っぽくなったでしょ？」

正直いって少し驚いた。

可憐《かれん》ではあっても子供っぽい顔かと思っていたが、少し粉を叩《はた》いただけでかなり大人びるものらしい。二朱と趣の違う顔立ちというのは確かだが、これはこれでかなりの美人だった。

ただ、本人は化粧を落としたがっているらしく、二朱が手に持った粉落としの濡れ布巾に向かってぴょんぴょんと跳ねている。

と、二朱がその布巾をこちらに投げ渡してくる。

「というわけで四玄。城下まで送ってらっしゃい」

「貴様早くその布巾を寄越せ！」

「へい」

俺は特に躊躇《ちゅうちょ》もなく布巾を渡す。月天丸は顔を埋《うず》めるようにして化粧を乱雑に落とした。

「あぁ。何すぐ渡してんのよ勿体《もったい》ない」

「あまり上等な化粧なんかして城下をうろついてると、金持ちの子かと疑われるんだ。変なゴタゴタに巻き込まれない方がいいだろ」

「そんな心配しなくても、その子ならすぐ逃げられるでしょう」

まあ正論だ。俺たちには遠く及ばないとはいえ、数人の暴漢くらいならあっさり倒せるほどの実力者なのだから。

ただ、そんなゴタゴタにそもそも巻き込まれないのが一番だ。恨みを買えば後で不意を打たれる可能性もあるし、面倒は買わないに越したことはない。

「月天丸、送ってやるけど住処《すみか》はどこだ？」

「ない。適当な空き家とか穴倉だ」

「じゃあ知り合いの貸家主に話を付けてやるから、しばらくそこに住んでてくれ。皇帝を説得できたらまた迎えに行くから」

「まだ諦めてないのか貴様？」

「当然だ。俺たちの誰も諦めちゃいない」

固い信念を燃やす俺たち兄弟をざっと眺め、月天丸は長い息を漏らした。

「宿などいらん。もう私に関わるな。送りもいらん」

「だけどな。暦じゃ春でもまだ朝晩は冷える時期だろ。屋根のあるところじゃないと風邪引くぞ？」

「これ以上、借りは作らん。昨晩助けてもらったことについては、礼を言う。だが私は盗人《ぬすびと》の身だ。お前たちと関わるような者ではない」

月天丸は布巾を投げ捨てて一人で歩いていく。俺が侵入したときの経路を辿《たど》れば、彼女も門番の目を盗んで外に出られるだろう。

小さい背中はさらに小さくなって、宮廷の外に消えていく。

まったく意地っ張りな妹である。

俺は瞑目《めいもく》して少し微笑《ほほえ》み、それから二朱を振り返る。

「で、姉上。所在は摑《つか》めるよな？」

「当然よ。着替えっていう名目であの子の服と草鞋を回収したから、犬に覚えさせせりゃどこに隠れてても追えるわ」

「さすがだ姉上。匂いの馴《な》らしが終わったら一頭貸してくれ。今の住処を突き止めて、昨晩みたいな無茶《むちゃ》をしないよう見張っておく。説得もしたいしな」

「ではその間に僕らは父上の方を説得しておきましょう」

「ああ。親父《おやじ》も頑固だが話の分からねえ男じゃねえ。オレたちが皇帝に不適任だって分かってくれるだろうよ」

俺たちは四人で固く円陣を組む。普段はいがみ合えど、いざ結束したときの絆《きずな》は強い。

それが血で結ばれた兄弟というものである。

この団結の下であれば、皇帝の座を月天丸に押し付けるという大望も叶《かな》うはず。

そう思っていた矢先に、事件は起きた。


——月天丸が攫われたのだ。

*

『第五皇子・月天丸の身柄は預かった。命が惜しくば、西方の守関を解放せよ』

翌朝一番に宮廷の城壁に突き立った矢文は、俺たち兄弟を震撼《しんかん》させた。

住処を突き止めたら無茶をしないように近くで見張っておこうと決めていたのだが、その矢先にこれである。

デタラメではなく、事実として月天丸の消息は昨夜以来雲のように消えていた。犬でも追えぬほど完璧に。

　これを受けた俺たちは一目散に皇帝の玉座へと走った。謁見の間で跪《ひざまず》く暇も惜しく、立入り厳禁の皇務室に四人でなだれ込む。

「陛下！」

　蹴破った扉の先では、同じ報《しら》せを既に受けていたらしい皇帝が、いつもと変わらぬ平然とした顔で玉璽《ぎょくじ》を握っていた。

「お前たちが何を言いたいかは分かる。だが、本物でもない皇子の身柄ごときに要求を呑《の》めるわけがなかろう」

「いえ違います。要求の件じゃなくて、犯人に心当たりがあるので俺たちで討ち入りしてきていいか聞きにきました」

「心当たり？」

「警備兵に言って矢文を見せてもらったんですが、矢に赤い頭巾の切れ端が結び付けられてました。昨晩に月天丸から聞いた話だと、阿片《あへん》売りが雇ってた『凄腕《すごうで》の用心棒』とやらも赤い頭巾を被《かぶ》ってたとか。つまり月天丸は例の商家に囚《とら》われてる可能性が……」

「残念だったな」

　俺の渾身《こんしん》の推測はしかし、皇帝の一言で否定される。

「今朝、街の見廻《みまわ》り組から報告があった。その阿片売りの屋敷は、何者かに襲われて既に壊滅状態だそうだ。主犯の商人から薬師から用心棒のチンピラどもまで、全員が気を失って転がっていたとな」

「その中に赤い頭巾の男は？」

「いなかった、と聞いている」

ほら、と言って二朱が俺の脇腹を肘でつついた。

「要求からして、チンケな阿片売りがする内容じゃないでしょう。たぶんその用心棒、西方蛮族の一味だったのよ。頭巾の風習があるって聞いたことあるわ」

「なるほどなぁ。皇子なんて格好のカモを見つけたから、雇い主にも牙剝《む》いてトンズラこいたってわけか。そんでもっとデカい要求かまそうと」

「まあ皇子というにはいささか怪しいですがね……」

今後の策を練ろうとする兄弟たちの前で、皇帝が咳《せき》払いをした。

「ともかく、この件についてお前たちは手出し無用。人質の命も諦めるがいい。よしんば賊の居所が知れても、討ち入りなぞ断じて認めん。蛮族の戦士には余を手こずらせるほど卓越した戦技の持ち主もいる。跡継ぎになるお前たちに危険を冒させるわけにはいかん。くれぐれも行動は慎め」

「しかし……」

「余の勅命だ」

ぎろりと睨《にら》まれ、俺たち四人は跪いて肯定の意を示す。この帝国を支配するただ一人の男に、真っ向から逆らえる者など存在しないのだ。

――真っ向からは。

「仕方ない。許可取れなかったから無許可でいくか。後で叱られりゃ済むし」

皇務室を出てすぐに俺が提案すると、他の三人も揃《そろ》って頷《うなず》いた。

「そうね。匂いは対策されてたのか犬じゃ追えなかったけど、まずは阿片売りの商家でも調査に行きましょうか。居場所の手掛かりが見つかるかもしれないし」

「っしゃあ！　手っ取り早く賊どもぶっ殺してやる！」

「僕たちを怒らせるとは愚かな、いいえ哀れな賊どもですね……」

真っ向からは皇帝の勅命に逆らえない。しかし裏を返せば、真っ向からでなければ普通に逆らえる。

許可が取れるに越したことはなかったが、だからといって行動をやめる俺たちではない。

そもそも誰か一人でもそんな殊勝さを持ち合わせていたら、とっくの昔に後継指名されている。

「皇帝が認めなくても、俺たちにとってはもう大事な妹だ。絶対に助けるぞ」

決意を固めんばかりに四人で空中に拳をぶつけ合う。

月天丸はもうかけがえのない存在なのだ。

――主に面倒な皇位の引き受け役として。


都は広大だが、俺たち四人の早駆けは馬にすら勝る。先日、月天丸を保護した阿片売りの屋敷にさっそく到着すると、そこでは見廻り組による調査が行われていた。用心棒のほとんどは連行済みのようだったが、縄を打たれた主犯の老商人は、調査のために敷地の隅で座らされていた。

門のあたりで様子を見ていた俺だったが、その脇を二朱が素通りで抜けていった。

「どうもお疲れ様。お父様――陛下の命令で視察に来たのだけど、進捗はどうかしら？」

皇子の証《あかし》である扇子の紋章をかざしながら、二朱が見廻り組の頭《かしら》に堂々と近づいていった。こういう立ち回りは姉の得意分野である。

「こ、これは二朱殿。わざわざご足労ありがとうございます。それがですね、屋敷の中はおおよそ調べきったのですが、捕まった連中への聞き取り調査が難航してまして……」

「ダンマリでも決め込んでるの？」

「いいえ。そういうわけではなく、錯乱状態にあるようで……とくに主犯の商人はまともな話が通じない状態なんです」

「錯乱……？　ちょっと会わせてもらえる？」

「もちろんでございます。こちらとしても、ぜひお願いしたかったところで」

了解を得た二朱が、門前に立っていた俺と一虎と三龍を呼び寄せるように手を振った。それに倣って敷地に踏み込むが、二朱の助手とでも思われているのか見廻り組からはほとんど反応がない。

無理もない。社交性のある二朱と違って、男三人はあまり市中警護と接する機会もない。一虎に至っては罪人として捕まったくらいだ。

見廻り組の頭の先導で、捕縛されている商人の元に向かう。よく様子を見てみれば、顔面蒼白《そうはく》となってガタガタと震えながら膝を抱えている。屋敷や庭園が半壊に近い状態で荒れ尽くしていることからしても、赤い頭巾の男は相当な暴れようだったらしい。

二朱は「ふうん」とその様子を見て、

「かなり怯《おび》えてるみたいね」

「はい。そうなのですが、こいつが厄介なことにですね――」

見廻り組の頭が何かを説明しようとした瞬間、老商人は血相を変えて叫んだ。

「――儂《わし》を踏んでくれ！　顔を踏んでくれ！」

魂のこもった叫びだった。

場の空気に静寂が下りる中、ただ一人「ふむ……」と頷きを見せたのが三龍である。

「どうやら命を脅かされるほどの恐怖を感じたせいで、根源的な欲求が剝き出しになっているようですね。僕もそうした趣味に理解がないわけではありません。どうでしょう姉上、ここは自白との交換条件ということで彼をひとつ踏んであげてみては」

したり顔で言う三龍を二朱は背中から踏み倒した。

「なんであたしがそんな趣味に応じてやらなきゃいけないのよ。ついでに、あたしは嫌がる相手を踏みにじるのは好きだけど、踏まれて喜ぶ変態を踏むのは好きじゃないの」

「ふむ……僕は女性に踏まれるのもやぶさかではない趣味なのですが、相手が姉上となると確かにあまり嬉《うれ》しくはないですね」

ぐりぐりと背中を踏みにじられつつ、三龍は悩ましく顎に手を添える。

と、ここで蚊帳の外だった俺も三龍の援護に回る。

「しかし姉上。もしかしたらこの変態が赤い頭巾の男の手掛かりを握ってるかもしれないんだ。月天丸を助けるためにも、ここは我慢して踏んでやってくれないか？」

「あ、そうだったわね。まあそういう目的のためなら……」

二朱が老商人に歩み寄って足を上げようとしたとき、

「女は駄目だ！　男が踏んでくれ！　強い男が踏んでくれ！」

老商人による魂の叫び・その二が炸裂《さくれつ》した。

これには今まで一定の理解を示していた三龍すらも緊迫の表情となった。

しばらく誰も言葉を発さなかったが、やがて俺は肘で一虎の脇腹をつつく。

「虎兄。強い男って指名だから、行ってくれ」

この場で一番筋骨隆々で強そうな外見をしているのは一虎である。

「……そのまま踏み潰していいのか？」

「いいわけないだろ、情報が取れなくなる。気持ちは分かるが耐えてくれ」

一虎がこめかみに青筋を浮かべながら、老商人の眼前に草鞋《わらじ》を突き出した。ほとんど自ら飛び込むように老商人はそこに顔面を貼り付ける。

すると、

「——違うっ!!　この足ではないっ!!」

凄《すさ》まじい剣幕《けんまく》で首を振って一虎の足を払いのけた。

どうやらお気に召さなかったらしい。

ますます怒りを増して殴りかからんとする一虎を押しとどめていると、二朱が俺を指差してきた。

「なんか好みがあるみたいだから、次あんたがやってみなさいよ四玄」

「俺が……？　気乗りしないな」

「てめえコラ。オレにやらせといて自分は拒否する気か？」

一虎が俺の胸倉を掴《つか》んでくる。このままだと怒りの矛先がこちらに向きそうなので、やむなく老商人の前に向かう。こんなところで乱闘を始めても不毛なだけで何の実りもない。

そして俺が老商人の顔を踏むと、

「——はぁっ！　これじゃあっ!!」

何の因果か。

俺の足が触れた途端、老商人は目を輝かせて生き別れの家族と再会したような歓喜の表情になった。いったい俺がどんな罪を犯したというのか。

兄姉《きょうだい》たちは露骨に後ずさって、生暖かい視線を俺に送ってくる。「後はよろしく」と言わんばかりに。

なぜ俺がこんな変態に付き合わねばならないのか。泣きたい気分になっていると、急に老商人の声色が落ち着きを取り戻した。

「き、貴様……この前、あの義賊を捕らえたときに儂を足蹴にした侵入者じゃな……？」

「お、おう？」

他人に聞かれぬよう、囁《ささや》くような調子で老商人が確認してくる。そういえば、月天丸を助けるときにこの老商人の顔面に飛び蹴りを浴びせたのだった。

「あの、あの恐ろしい……恐ろしい大男が儂に伝言を残していったのだ。貴様に伝えるようにとな……伝えねばまた儂の元にやって来ると……」

「俺に？」

怯《おび》えたように震えながらも、老商人は続けた。

「『都の北西の外れ。廃坑の穴倉にて待つ。月天丸の命が惜しくば、必ず来い』と。伝えた。儂は伝えたからな……」

「知らなかった。こんな穴倉があったんだな」

半信半疑で、聞いた通りの方角へ向かうと、確かにそれらしい地下坑道があった。

大昔に掘り尽くした地下鉱の跡か何かだろうか。鎖で封鎖されていたようだったが、今はその鎖がバラバラに断ち切られている。

「それにしても回りくどい手口だな。わざわざあの商人に伝言を頼むくらいなら、なんで最初から脅迫状に書かなかったんだ？」

二度手間を踏まされたことに俺が不満を吐くと、二朱が「馬鹿ね」と肩をすくめた。

「たぶん赤い頭巾の男は、月天丸を餌にしてあんたを誘き出《おびだ》そうとしてるのよ。宮廷に送った脅迫状は黙殺されても、きっと第四皇子のあんたは独断で動く――そう見込んでね。偽物の第五皇子を危機に晒《さら》せば、なぜか本物の第四皇子が助けに来るのは実証済でしょ」

「ああ、なるほど」

思えば赤い頭巾の男は、最初に月天丸を捕らえたときはさっさと興味を失って引き上げていたくらいである。それが掌《てのひら》を返して此度《こたび》の誘拐を試みたのは、俺という本物の皇子

*

を釣る餌としての価値を見出《みいだ》したからだろう。俺を本物の皇子と判断した理由は不明だが
――もしかすると顔が割れていたのかもしれない。俺という優秀な皇子を、かねてから蛮族が警戒していたとしても不思議ではない。

　三龍は坑道の穴倉をしげしげと眺めながら、

「敵が賊だけなら油でも流して火を付ければ片付いた地形ですね」

「せっかく獲物が潜んでんのに火攻めなんて勿体《もったい》ねえだろ、男は黙って突貫だ」

　一虎が拳の骨をバキボキと鳴らす。確かにこの四人で強襲をかければ、火攻めなどより余程恐ろしいはずだ。

「じゃ、あたしはここで待ってるわ」

　だが、全員で入ろうとしたときに二朱が突然の一抜けを宣言した。

「なぜだ姉上？　確かに、三人でも十分とは思うが……」

「馬鹿ね。あたしら全員が入った途端に火攻めにでも遭ったらどうするのよ。今、あんたたちも同じ作戦考えてたばかりでしょうが。外に見張りを一人は立てておくのが賢明でしょ？」

　なるほど。

　油や火薬の匂いは今のところしないが、背後の見張りを立てるというのは妥当な判断だ。

「分かった。ここは任せたぞ、姉上」

「はいはい。あんたらは早く行ってらっしゃいな」

そう言って俺たちを追い払うように二朱は手をひらつかせる。それに背中を押されるように、俺たちは穴倉へと踏み込んでいく。

いや、踏み込もうとしたとき。

「――！」

一瞬にしてその場の空気が変わった。同時に岩陰から無数の伏兵が姿を現し、一斉に矢を放ってくる。

その数、二十は下らない。

俺は防御しなかった。それどころか、敢《あ》えて矢をかわそうともしなかった。

「ったく、罠《わな》を仕掛けるならもう少し上手《うま》くやりなさい。雑すぎて見え見えよ」

蝶《ちょう》が舞うごとく鮮やかに、二朱の鉄扇が宙を閃《ひらめ》いた。

扇は朱色の軌跡を残してすべての矢を打ち落とす。ただの一本も漏らさない、最適の軌道での迎撃だった。

「姉上。この数なら問題ないな？」

「当然。ほら立ち止まらない。行った行った」

余裕の表情で鉄扇を構え直した二朱を残し、俺は一虎と三龍とともに穴倉へと駆け込む。

その際、背後から楽しげな二朱の声が聞こえた。

「さあて。それじゃ、事が終わるまであたしの暇つぶしに付き合ってもらいましょうか」

＊

入口の待ち伏せとは打って変わって、穴倉の中に伏兵はいなかった。

だが、百の雑兵よりも警戒すべき強者の気配が濃密に漂っている。

拳を鳴らしていた一虎も、今は最大の警戒として背に下げた棍《こん》を肩越しに握っている。

三龍もまた己《おの》が得物である柳葉刀《りゅうようとう》を抜き放っており、俺は腰の剣をいつでも鞘《さや》から出せる構えだ。

「こりゃあ、思ってたよりかなり強《つえ》えな」

「子供を攫《さら》うような小物のわりに、なかなかどうして大した気迫ですね」

だが数の上ではこちらに分がある。頭巾の男がいかなる凄腕《すごうで》でも、所詮は一人。俺たち三兄弟の猛攻に耐えられるはずがない。

——一人ならば。

「よく来たな……宮廷の手の者どもか」

「だが、我らとて西の同朋《どうほう》のため引くわけにはいかん。貴様らにはここで果ててもらう」

まさかの事態が早々に起きた。

坑道の往《ゆ》く手を塞いで仁王立ちしていたのは、緑と黄の頭巾を被《かぶ》った二人組だったのだ。

蛮族の装束を身に纏《まと》い、短槍《たんそう》を頭上に振り回している。

「我ら人呼んで風神と雷神」

「さあ、ここを通りたくば我らを倒していけ。もっとも、我らを倒せたところで我らの首領は絶対に倒せんだろうがな！」

上等だ、一分以内に斬り捨ててやる。

そう思って剣を抜こうとしたときには、一虎と三龍がもう飛び掛かっていた。

蠟燭《ろうそく》の火だけが揺れる薄暗い穴倉に、白刃の光が鋭く散る。

一虎の棍は緑巾の男（風神）に、三龍の刃は黄巾の男（雷神）によって受け止められていた。

——強い。

この二人の攻撃を難なく受け止めるとは、まさしく超人といって過言でない。そんなことができたのは、皇帝や俺たち兄弟を除けば、宮中の指南役や将軍くらいだ。早く加勢せ

ねば、

「先に行け四玄！」

援護に加わろうとするや、一虎が叫んだ。次いで三龍も同じ言を吐く。

「ええ、こいつらはかなりの腕ですが、簡単にやられる僕らではありません。今は一刻が惜しい。あなただけでも先に行ってください」

「させると思うか⁉」

殺気を放ちながらそう叫んだ風神・雷神は、しかし二人の兄の渾身《こんしん》の一振りによって守勢に回らせられる。

「感謝する、兄上たち！」

その隙に俺は風神雷神の間をすり抜ける。待てという声が聞こえたが、当然ながら待つ馬鹿はいない。

しかし、ほんの少しだけ違和感が湧いた。

あの風神雷神とやら。確かに紛れもない強者ではあったが、人攫いの蛮族にしては、やたらと場違いな愉快さが漂っていたような――

いや、今はそんなことを考えている場合ではない。

月天丸を救うためにも、先を急がねばならないのだから。

「——よく来たな」

そうして辿《たど》り着《つ》いた坑道の最深部で、赤い頭巾の男は待ち受けていた。

筋骨隆々の偉丈夫。それなりに体格のいい俺ですら、仰ぎ見ることしかできない大男。

赤い頭巾の男は、風格だけでも超一流の戦士だということが確実に見て取れた。

「月天丸はどこだ」

「心配するな、客人として丁重にもてなしてある」

と、よく見て気付いた。

赤い頭巾の男の背後に、縄でぐるぐる巻きにされて猿轡《さるぐつわ》を嚙《か》まされた月天丸が転がっている。視線はこの上なく恨めしげに頭巾の男を睨《にら》んでいる。

「どこが丁重だ！　身動きもできず猿轡なんて……とても客人にする扱いじゃないだろ！」

「むー！」

なぜか月天丸の抗議はこちらに向いた。きっと喋《しゃべ》っていないで早く助けろという意味だろう。

「御託はいい。その者を救いたいのなら、この俺を倒してみろ」

「言われなくても！　死んでも怨《うら》むなよ！」

鞘を払った俺は大男の懐に飛び込む。油断でもしているのか、まだ奴《やつ》は武器すら握っていない。一太刀すれば防ぎようもなく倒せる。

「素手の相手ならば楽に倒せると思ったか？」

だが。

俺の剣は、頭巾の男によって素手で受け止められていた。しかも白刃取りなどという小細工ではない。無造作に刃《やいば》を手で受け止め、それでいて血の一滴すら垂らしていないのだ。

「せいっ！」

そして剣の刃を摑《つか》んで振り回し、俺ごと岩壁に向けて投げ飛ばす。岩盤が砕けるほどの勢いで叩《たた》きつけられた俺は、口から血混じりの痰《たん》を吐き散らした。

「たわけが……。武器など所詮は飾りよ。真の強さとは己が肉体にのみ宿るもの」

頭巾の男が上半身の服を放り投げて半裸になった。無数の傷跡に磨かれたその肉体は、槌《つち》によって叩かれることで完成した一本の刀剣のような威風を放っていた。

頭巾の男が上腕の筋肉を見せつけて俺に叫ぶ。

「さあ来い四玄！　お前に武の極みを見せつけてくれよう！」

「抜かせこの人攫いがぁっ！」

歯を食いしばった俺は、渾身の力を込めて跳躍し、頭巾の男の頭上から剣を振り下ろす。

「ほう！　さっきよりもいい気迫だ！　だが甘ぁい！」

頭巾の男はその斬撃すら両腕を交差させただけで容易《たやす》く受け止めてしまう。皮膚が鋼鉄でできているとしか思えない硬さだ。

男は腕を振り上げて俺の剣を払い、風を唸《うな》らせて正拳を放ってきた。

――当たったら死ぬ。

直感した俺は弾《はじ》き飛《と》ばされた剣を強引に手元に引き戻し、刃を盾として眼前に構えた。

そして刃は、拳によって土くれのごとく砕かれた。

「ぐあっ！」

咄嗟《とっさ》に剣を捨てて両腕で拳を防いだが、それでも衝撃は殺しきれない。またしても岩壁に叩きつけられ、全身が軋《きし》んで視界が赤く染まりかける。

「どうした……？　もう終わりか？　つまらんな。それでも万敵無双を誇る現皇帝の息子か？」

「くそ……」

「だが、こうして嫡子自ら来てくれるとは助かったぞ。まさか身分も不確かな自称の第五皇子のためにノコノコと出向いてくれるとはな。ここで貴様を捕らえ、改めて宮廷に脅迫状を出すとしよう――もうあの月天丸とやらは用済みだな」

ふいに頭巾の男が俺に背を向けた。歩む先は、縛られて身動きの取れぬ月天丸である。

「……待て。そいつを、どうするつもりだ」

「不要になった人質など、処分する以外に何がある」

聞いた瞬間、身体《からだ》のすべての痛みを無視して男の背中に飛び掛かった。その顔を狙って拳を繰り出すが、あえなく片手で止められる。だが――

「ほう、まだ押し込んでくるか」

「ふざけんな……そいつを誰だと思ってる。次の皇帝になる女だぞ……？」

「馬鹿をいえ。このような偽皇子にそんな資格があるか。宮廷も無視をするつもりだったのだろう？」

「だとしても！」

拳に気を取られた男の横腹に回し蹴りを差し込む。岩でも蹴ったような硬さが骨身に沁《し》みるが、相手にとってもさすがに多少は効いたらしい。

「俺たち兄弟で決めたことだ……！　そいつはもう俺たちにとって大事な生贄《いけにえ》……妹だ！」

「待て、汚い本音が見えたぞ？」

「むー！」

頭巾の男と月天丸が反論の言葉を挟んでくるが関係ない。

「そいつに、未来の皇帝に手ぇ出すってんなら誰であろうとぶっ潰す！」

それが兄になると決めた者の覚悟だ。

地を蹴って男との距離を縮める。腹筋に肘鉄を当ててるが、逆にこちらの腕が痺《しび》れる。その隙に相手が両手を組んで、鉄槌《てっつい》のごとく俺の頭に打ち付けてくる。

痛むし視界も眩《くら》むが、関係ない。おかげで懐に密着できた。

拳撃とは腕で放つものではない。震脚によって地面から吸い上げた力を拳に伝えるものだ。

ゆえに最も力を発揮できるのは、足と対角にある頭上への拳撃。今はその位置に、相手の顎がある。脳への打撃を最も浸透させられる急所だ。

「喰《く》らえこの化物が！」

直撃。

常人なら頭蓋ごと砕き割ったであろう衝撃が炸裂《さくれつ》し、男の被っていた頭巾が弾け飛ぶ。まともに脳を揺らされた大男は、ぐらりと足をふらつかせ、その場に——倒れない。

「ふふ……なかなかいい一撃だったぞ。だが、私を倒すにはまだまだだな」

「なら、何度でも今ぐらいの一撃をぶち込んでやる。そっちが倒れるまでな」

それまではたとえ死のうが蘇《よみがえ》ってやる。そう自分を奮い立たせて拳を握り直していると、

「その辺にしとけよ親父《おやじ》。それ以上やったら、四玄が死んじまうぞ」

決戦の場だった地下の空洞に踏み入ってくる者がいた。影は五つ。

一虎と三龍、それに入口で見張っていたはずの二朱。さらには肩を並べて、風神・雷神の賊二名までいた。

「お、親父……？」

しかしそれよりも大事なのは、一虎が放った一言だった。俺は目を擦《こす》り、薄暗がりに浮かぶ赤い頭巾の大男の顔を見る。

今しがた弾け飛んだばかりの頭巾の下にあった素顔は――

父。皇帝だった。

＊

「言われてようやく気付いたか。よほど熱くなっていたと見える」

「え？　何これ。どういうこと？　どうなってんの？　赤い頭巾の男って、阿片《あへん》売りの用

心棒だった奴だろ？」

狼狽《ろうばい》する俺を見て、腕組みした二朱がため息をついた。

「誰が最後の最後まで騙《だま》され続けるかと思ったけど、やっぱりあんただったのね、四玄。よく考えてみなさいな。前々からおかしかったでしょう？」

「前々？」

「月天丸が阿片売りの件をお父様に直訴したときからよ。お父様が罪人を目こぼしするのは、それがあくまで大局的に国のためになるときだけ――阿片売りなんて、放《ほ》っといたら亡国まっしぐらの大罪を見逃すわけがないでしょう？」

言われてみれば。今までも狂薬の類が出回ったときには、厳重に取り締まって関係者を軒並み裁いていた覚えがある。

「え？　じゃあ、薬売りの屋敷が壊滅してたってのは……」

「お前たちとの準備運動がてら、余が単騎で潰してきた」

「赤い頭巾の男は？」

「本物は弱かったぞ。余の指一本で昏倒《こんとう》させてやったわ」

俺たちよりよっぽど悪質な行動力だった。密売人相手に、よもや皇帝自身が出向いて壊滅させようとは。あの老商人にわざとらしく恐怖と伝言を植え付けていたのも、この親父の仕業だろう。

というか、今朝の直訴のときに「くれぐれも行動は慎め」とか言ってただろあんた。自分で阿片売りの屋敷を壊滅させてきた直後に、どの面を下げてそんなことを言っていたのか。

いや、そんなことより。

「じゃあ……この誘拐騒ぎはなんだったんだ？　あんた、月天丸を気に入ってただろ？　殺すわけないよな」

「お前たちが単なる屑《くず》かどうかを見極めるためだ」

皇帝はじろりと俺たち兄弟を眺めた。

「最近のお前たちの言動はあまりにも目に余った。こんな調子では、養子でも取った方がマシかもしれん――本気でそう思うくらいにはな」

「ぜひそうしてくれ！」

「いいや、もうその必要はないと分かった。そうだろう？　お前たち」

皇帝が手で指し示すと、風神・雷神も頭巾を取った。

この国で一虎や三龍と打ち合える数少ない武人――将軍と指南役がそこにいた。

「余も含め、こやつらはお前たちの腕をもってしても容易には勝てぬ相手。いいや、敗北の危険すら十分に伴う。たかだか自称の第五皇子と引き換えに命を懸けるは、普通では考えられぬ愚かな博打《ばくち》よ」

「そうです俺は愚か者です！　だから皇帝にはふさわしくありません！」

「ちょっと黙っておれ」

皇帝は俺にゲンコツをかまして地面に叩《たた》きつけた。既に限界が近かった俺は、指一本も動かせなくなってひれ伏す。

「いかにもお前たちは愚か者だ。だが、本物の屑ならば危険を察知した時点で退避を選んだろう。お前は余を前にしても逃げなかった――後の三人は知らんが」

皇帝が顔を向けると、三人の兄たちはへらへらと笑った。

「あたしは最初から薄々怪しいなと思ってて、これ見よがしなアジトを見た時点で確信したわ。ああそれと、無謀に演技を続けてきたお父様の私兵団は暇潰しにのしておきましたから」

「お前はそうだろうな。他、一虎と三龍は？」

「オレは剣を合わせた時点で気付いたよ。これ将軍じゃん、って」

「僕もです。ですので父上の仕掛けた罠《わな》だと思って、四玄だけ先に行かせました」

卑怯《ひきょう》だぞ兄上ども！　と叫ぼうとしたが、もはや大声が出なかった。

「いずれにせよ、本来ならお前もすぐに余だと気付いたはずだ。こんな鋼鉄の肉体を持つ者が他にいるものか。むしろ将軍たちよりよっぽど看破の難易度は低いはずだぞ」

「……それは」

「しかも頭巾が破れてもすぐに気付かぬとは。よほど助けることに集中していたのだな」

俺は這《は》いつくばってその場から逃げようとしたが、襟首を摑《つか》まれて持ち上げられた。

「心からの屑ならばそんな熱量は出せん。どこかで逃げの打算を働かせるはずだ。いやあ、安心したぞ。跡継ぎに指名したばかりのお前が屑でないと知れて、余は満足だ。一芝居打った甲斐《かい》があったものよ。さあ、この場には将軍も皇子三人もいる。戴冠の儀を行うには十分な役者が揃《そろ》っている」

そう言って皇帝は装束の股間から王冠を取り出した。やけに膨らみが大きいと思ったら、なんてところに国の象徴を忍ばせていたのだ。

「さあ被《かぶ》れ」

「やめろ！　二重の意味でそんなもん被りたくない！　おい兄上、姉上！　助けてくれ！」

屑たちは一様に目を逸《そ》らした。なんてことだ。絶対に許さない。皇帝になったら道連れにしてやる。

「むー！」

俺が目を涙に潤ませかけたとき、すっかり忘れていた月天丸が猿轡《さるぐつわ》の下で叫んだ。

皇帝が戴冠の手を止めてそちらを振り返る。

「おお、そうだった。選帝のためとはいえ、お嬢さんには申し訳ないことをした。いずれ詫《わ》びの品を渡すゆえ、許せ」

皇帝が月天丸の方に歩いていく。その間に逃走しようとするが、もう立ち上がる体力すら残っていなかった。

月天丸の身を縛っていた縄が皇帝の手刀で断ち切られる。素手で刃物の切れ味を出せるのが本当に化物である。

そのとき。

解放された月天丸が、電光石火の早業で皇帝の手から冠を奪い取った。

膂力《りょりょく》にこそ欠けど、全力の身捌《さば》きの速さは俺たち兄弟を凌《しの》ぐほどかもしれなかった。速い。

皇帝は空になった自分の手を呆《ほう》けたように見つめている。

「貴様！　それを返せ！」

将軍と指南役が血相を変えて駆け寄ってくる。それに対し月天丸は、

「ならば望みどおりにしてくれる！」

坑道の岩壁に向かって冠を投擲《とうてき》した。黄金と宝石で作られた冠は脆《もろ》い。岩盤にでも当たれば砕け散ること請け合いだ。

皇帝も将軍も指南役も、俺を含む皇子たちも——全員がそちらを注視した。

その途端、いきなり俺の身が出口に向かって動き始めた。次いで襲い来る激痛。

「いっでででで！　引きずるな！　地面で身体《からだ》が削れる！」

「しょうがないだろう、抱えるには重すぎるのだ！　いいか、これで前に助けてもらった借りはなしだぞ！」

全員の意識の隙を縫って、月天丸が俺を引きずって逃走を始めた。だが、注意を引けたのは一瞬だ。俺という重荷を背負っていては、すぐに皇帝たちが追い付いてくる。

引きずられながら振り返ると、王冠を岩壁の寸前で摑み取った皇帝が、鋭い目でこちらを見ていた。

そして、なぜだか目元に笑みを浮かべながらこう口を動かした。

「追うな。借りは返させてやれ」

*

「って、よく考えたら逃げられたけどこれじゃ宮廷に帰れないじゃねえか！　どうしてくれるんだお前！」

「知らぬわ！　だいたい無関係の私を散々巻き込みおって！　貴様のような屑に皇帝なんぞ任せられんから攫《さら》ってやったのだ！」

坑道から無事に逃れ切った後。

安都郊外の河原に倒れ込みながら、俺と月天丸は醜い言い争いをしていた。

「あー……帰ったら戴冠確定じゃねえか。だいたい、天下の義賊のくせにむざむざ攫われてんじゃねえよ。おかげで酷《ひど》い目に遭っただろ」

「お前の家のゴタゴタに私が巻き込まれただけだろうが！　むしろ私の方にこそ謝れ！」

ひとしきり叫びあって、互いに疲労で息を切らす。

河原のすぐ上の往来を賑《にぎ》わす話題は、まるで皮肉かのように月天丸のことばかりである。

『卑劣なる阿片売りの手に落ちかけた月天丸だったが、すんでのところで窮地から脱出し、今日の朝にはその天誅《てんちゅう》として阿片売りの屋敷を壊滅させた』と。

最後の下手人《げしゅにん》は我が父・皇帝陛下である。

「よかったな、商売に箔《はく》が付いたじゃないか」

「とんだ大恥だ。まったく……だが、商家での借りだけはしっかりと返したぞ。忘れるな」

「ああ」

意固地に釘《くぎ》を刺してくる月天丸にうんざりと俺は頷《うなず》く。

「それより、明日からどうするかだよ。皇子の権限も使えないし、働きたくねえけどどこかで用心棒でもやるか……」

「貴様のような用心棒がいたら強すぎて評判になってすぐ素性が割れよう。宮廷から使者が飛んでくるぞ」

「だよなあ」

かといって他の商売など皆目アテがない。

と、月天丸が少しこちらに微笑《ほほえ》んでみせた。

「素性の割れぬ仕事が欲しいというなら、貴様も義賊でもやればいい。世直しにもなるし、まあ食い扶持《くぶち》だけは差っ引いても誰も文句を言わんしな」

「やっぱり自分の分は引いてたのかよ」

「そうでないと食えんからな。だが、盗人《ぬすびと》よりは良心の呵責《かしやく》がなくて気楽だぞ」

月天丸は少し悪どく笑った。今までは生真面目な正義漢ぶった印象だったが、今回はなんとなく俺たち兄弟の笑みに近い気がする。

「そうだな、義賊か。案外それも悪くないかもしれないな」

と思っていた晩に事件は起きた。

「号外ぃ――――！　号外！　なんと皇帝からのお達しだ！　なんと、あの義賊・月天丸様を正式に第五皇子と認めるってぇことだ！　とんでもねえぞぉ！」

報刷りの下働きが駆けまわり、宮廷からの御触《おふ》れを街中にばら撒《ま》いている。その内容は叫び回っている言葉のとおり、月天丸をとうとう皇帝が認知したというものだった。

安都大通りにも堂々と看板が立てられており、そこにはこう記されていた。

『月天丸を宮廷に迎えるにあたり、第四皇子の四玄を使者として送る。至上の礼をもって招く故、どうか受《う》け容《い》れられたし』

この立て看板を見ながら、既に俺は傍《かたわ》らの月天丸の手首をしっかりと握っていた。

彼女は逃げようとしてさっきから踏ん張っているが、腕っぷしではこちらに敵《かな》うはずもない。

「き、貴様……！　何を考えている⁉　こんなものどう考えたって罠であろう！　目を覚ませ！」

「悪いな。そこに一片でも希望がある限り、突き進むのが男ってものなんだ」

「この馬鹿めが！　こらぁっ！　放せ！　この人攫い――――っ!!」

俺は月天丸の身を抱え、喜び勇んで宮廷へと舞い戻った。

＊

四玄が月天丸を抱えて舞い戻っている、ちょうどその頃。

宮廷の謁見の間では、大臣が渋い顔で皇帝に奏上していた。

「よかったのですか、陛下。縁もゆかりもない者を第五皇子に認めるなど」

「ああ。義心もあれば腕も見込みがある。養子を迎えることも考えていたのだから、四玄を帰らせる餌にするには安いくらいよ」

「しかし、月天丸はいささか民草からの支持が厚すぎます。本当に皇帝へ推挙せざるを得なくなるのでは？」

皇帝は鼻くそをほじりながら、こう答えた。

「そのときは帳尻合わせに四玄の阿呆《あほう》でも婿に取らせればいい。ずいぶん懐いているようだからな」

第二章 武神祭演説編

episode.2

人には天命というものがある。

読んで字のごとく、天が命じた役割ということである。

つまり皇帝のような大役に就く人間は、そうなるべくして生まれてくるのだ。

それはもう絶対の宿命というものであって、本人がどう抵抗しようと関係ない。運命という名の荒波が、必然としてその者を皇位へと導いていくのである。

だというのに――

「月天丸《げってんまる》、なぜ自分の運命から逃げようとするんだ？」

「その言葉、そっくりそのまま貴様らにお返ししてやるわ！」

月も隠れる曇天の深夜。

俺は月天丸を小脇に抱えて宮廷の庭を歩いていた。すぐそばには一虎《イーフ》・二朱《リャウシャ》・三龍《サウラン》の兄《きょう》姉《だい》たちもあくびをしながら歩いており、一見すれば兄妹《きょうだい》五人で夜の散歩をしているような光景にも映る。

ただし、実際は散歩などではない。

「まったく、家出なんて感心しないぞ。しかもこんな深夜に。連れ戻すこっちの身にもなってくれ」

「ここを家と認めた覚えはない。というか、これはれっきとした人攫いだからな貴様ら。いい加減に私を城下に帰せ」

宮廷からの脱走を試みた月天丸を、四人がかりで捕獲して連れ帰っているところである。逃げ足こそ速い彼女だが、俺たち四人を相手にして逃げおおせるほどの狡猾《こうかつ》さは持ち合わせていない。

一虎・二朱・三龍は取り縄を手にぶら下げながら、やれやれと首を振っている。

「ま、そう叱ってやるなよ四玄《スガン》。誰だってたまには自由になりてえときがあるだろ」

「でも、家出するほど悩みがあったなら一言くらい相談して欲しかったわね……」

「同感です。僕らも兄姉として何か力になれたかもしれませんから」

しごく真面目な調子でそう言う彼らを見て、月天丸は石のような無表情になる。

「どうした？」

「いや、貴様らよくもそこまで白々しい台詞《せりふ》が吐けるものだと感心してな……」

「何を言うんだ。俺たちは心の底からお前のことを心配しているんだぞ」

「ならば私を放せ今すぐ」

もちろん放さない。月天丸はじたばたと暴れているが、その程度で獲物を取り逃がす俺ではない。

その代わりに、兄として懇切丁寧に月天丸を諭す。

「いいか月天丸、冷静になって考えてみろ。皇帝っていうのはこの国の頂点なんだぞ？　あらゆる権力がお前の手に集まる。なんだってやりたい放題だ。これを拒否する理由がどこにある？」

「貴様自身の胸に聞け」

なんとも強情なものである。

月天丸を正式な第五皇子として認めるという御触れが出されてから、丸三日。次期皇帝の有力候補という破格の待遇で迎えられた彼女は、なぜかその地位を拒み続けている。

「そりゃあ、俺のように優秀な兄がいたら即位に気後れするのも分かるが……」

「待て。誰がいつそんな話をした？」

「だって、俺の胸に聞けって言うから」

月天丸は毛虫でも見るような目を俺に向けてきた。

「違うのか？」

「いや……なんかもう、反論する気にもならん。というよりもな、貴様らこそ冷静になって考えろ。どこの馬の骨とも知れん私なぞが本気で皇子に認められると思うか？　どうせこの阿呆を呼び戻すための方便だろう。いずれ頃合を見て、なかったことにされるに決まっている」

「そりゃないと思うぞ。親父《おやじ》はお前のことをわりと気に入ってたし、御触れまで出して公認したことを翻すなんてダサい真似《まね》はしないだろうしな」

そういう問題ではない、と月天丸はうんざりした顔になった。

「部外者の私を皇帝に据えるということは、その代で皇帝の血筋が断たれるということだぞ？　その深刻さを分かっているのか？」

「まあ、いいんじゃないか別に。務まるなら誰がやっても構わないだろ」

「はあ？」

父である皇帝本人が最も大事なのは「やる気」だと言っていた。その観点から見れば俺たち兄弟は全員資質が欠けている。ならば腐った血筋にはこだわらず、新しい息吹を取り入れるのも一つの案かもしれない。

俺は兄たちの方を振り向いて、

「兄上たちも別に気にしないだろう？」

「オレは好き勝手できる待遇さえ保証してくれれば誰が皇帝になっても文句ねえぞ」とは

一虎。

「僕も今の生活が維持できれば異存ありませんね」とは三龍。

ただ唯一、二朱だけが笑いを堪《こら》えるようにして口元を手で押さえていた。

「姉上？　どうかしたのか？」

「いや別に。あたしも血筋だなんてどうでもいいけど……まあ、お父様には何か考えがあるんじゃない？　あたしには全然想像も付かないけど？」

俺と月天丸は揃《そろ》って首を傾《かし》げる。

この姉の非常に愉快そうな態度は何かを察しているとしか思えない。

しかし、問い詰めてもどうせはぐらかされるのが落ちなので、気にはなるが放置しておく。

——と思ったが、腕に抱えている月天丸が弾《はじ》かれたように身を捩《よじ》らせた。

「そうか分かったぞ！　つまり私は単なる当て馬というわけだな。皇子と認めるということまでは本気かもしれん。しかし、いざ次期皇帝の指名では私を除外して貴様ら四人から選ぶというわけだ。なるほどなるほど、それなら皇家の血筋も保たれるしな」

俺は雷に打たれたような衝撃を受けた。いいや、俺だけではない。一虎と三龍も驚愕《きょうがく》の表情を浮かべていた。

確かに「月天丸が当て馬」という可能性は大いにあり得そうだった。事実として、月天丸が迎えられてから俺たちは楽観しきっていた。

一虎は半裸で宮中を練り歩く奇行から足を洗ったし、三龍も「不治の病」の仮病をやめて普通に過ごすようになった。

もはや皇帝不適格を演じる必要がなくなったからである。

しかし、それこそが皇帝の狙いだとしたら？

後継が月天丸に決まったと思わせておけば、俺たちはわざと醜態を晒《さら》すことをやめて伸び伸びと己《おの》が実力を発揮するようになる。

その実力を見定め、真の次期皇帝を選ぶつもりだったとしたら。

「……危ないところだった」

もしこの策略に乗っていれば、次期皇帝は俺で間違いなかっただろう。月天丸を除く四人の皇子の中で、最も才気に溢《あふ》れる者は他ならぬ俺だからだ。なにしろ知力と武力に加えて人格まで完璧ときている。

実力を正確に見定められたら、指名は免れなかっただろう。

「よくやった月天丸。あの親父の汚い魂胆がこれで分かった」

「はっ、この程度のこと少し考えれば分かることよ」

誇らしげに鼻を高くする月天丸。

この間、なぜか二朱はあらぬ方向に顔を背けてぷるぷると震えていた。自分だけが察していると思っていた皇帝の姦計《かんけい》を見破られ、悔しがっているのだろうか。

「しかし残念だったな。これで私に皇位を押し付けようという貴様らの作戦は終わったわけだ。さあ、諦めて私を降ろして城下に帰らせ――」

「何を言ってる？」

俺の言葉を受け、安堵《あんど》したようだった月天丸の身がふたたび強張《こわば》った。

「何を言ってるって……今の話を聞いていただろう？　皇帝は私を後継に選ぶ気がないと」

「その策略はお前が今見破った。なら、こっちも新しい作戦で迎え撃つまでだ」

簡単な話である。皇帝が後継指名に際して月天丸を候補から外すというつもりなら、その前提を突き崩してやればいい。

「あの親父から、次期皇帝の指名権を奪う」

「雁首《がんくび》揃えて何事かと思えば——どの皇子を次期皇帝にするか、臣民たちの投票で選ばせろだと？」

「僭越《せんえつ》ながら」

＊

皇帝に意見奏上を申し出ての謁見の間。

跪《ひざまず》いた俺たちは、父に向かって逆転の一手を提案していた。

俺は事前に打ち合わせておいた台詞を記憶から呼び起こし、無駄に畏《かしこ》まって言葉を並べる。

「皇帝とは民衆を統べる者。しかし私たちは、陛下のように絶大な求心力を持ち合わせていません。このままでは誰が皇帝になっても、人心は離れ国は荒廃の一途を辿《たど》ることでしょう」

「それと投票が関係あるのか？」

「それはもう大いに関係あります。誰が即位しても陛下よりは劣るでしょうが、民たちも『自らが選んだ皇帝』ならば、信じてついてきてくれるはずです」

あくまで投票制を提案する名目は「自分たちの求心力不足を補うため」ということにする。これなら皇帝の指名権を剝奪《はくだつ》するという提案にしても角が立ちにくい。

と思っていたが、

「要するにお前たちは、最も人気がある月天丸が確実に即位するよう整えたいのだな？」

「まったくそのとおりだ」

皇帝の鋭い指摘に対し、真っ先に白状したのは月天丸自身だった。

「おい月天丸！　せっかく俺たちが巧妙な策略を仕掛けたのに何いきなり白状を……！」

「巧妙どころか本心が透けてみえるわ！　こんな手管には子供でも騙《だま》されんぞ！」

月天丸の裏切りに、俺は被《かぶ》っていた猫をあっさりかなぐり捨てる。

「ああそうだとも何が悪い！　親父……俺たちはな、あんたが月天丸を指名候補から外すんじゃないかと疑ってるんだ！」

「別に外すつもりはない。公平に評価して、ふさわしいと思えば月天丸も次期皇帝に指名するつもりだ」

まったく動じた様子もなく皇帝は言う。嘘《うそ》を吐《つ》いている様子ではないが、こう見えてこの親父はなかなかの食わせ物である。先日も堅物ぶったフリをしていながら、単身で阿片《あへん》密売組織を壊滅させてきた前科がある。

「それに、当の月天丸は指名の公平性に不満を持っているようには見えんが？」

「あるものか。そもそも私は皇子などになるつもりもないし、皇帝など論外だ。先の阿片のときも言っていたが、皇帝とは大局のために清濁を併《あわ》せ呑《の》まねばならぬのだろう？　私はそういうのは苦手だ。野にあって悪党の蔵を暴いている方がよっぽど気楽でいい」

今もまだ月天丸の正体は公には明かされていない。

というより、表向きは「第五皇子に公認したものの、月天丸は未《いま》だ応じず」という扱いになっている。こうして宮廷にいることは極秘中の極秘事項だ。

正式に皇子となれば、もはや盗みは働けなくなる。その点を彼女は危惧しているのだろう。

「だけど月天丸。皇子になれば盗みなんかしなくても金は使い放題だし美味《うま》い飯は食い放題だぞ。別にそこまで義賊の仕事にこだわらなくてもいいんじゃないか？」

「いや……実は私も義賊を始めたのはわりと最近でな。それまでは単なる見境なしのコソ泥だったから、せめてその分の罪滅ぼしが終わるまでは――って関係なかろう！」

ちらりと貴重な月天丸の本音がこぼれた。どうやら純粋な義心だけでやっているわけでもないらしい。

と、ここで焦れた様子の一虎が膝を叩《たた》きながら立ち上がった。

「なあ親父。結局、投票制は却下ってことか？　ったく、つまんねえの。撤収撤収」

「僕としたことが無駄な時間を食ってしまいましたね……」

　小手先の作戦はやはり失敗だった。こうなればやはり、月天丸の株を相対的に上げるために俺たちが醜態を晒していくしかない。

　今後の地道な努力（恥晒し）に思いを馳《は》せようとしたとき、飄々《ひょうひょう》と皇帝が呟《つぶや》いた。

「いいや。単にお前たちの浅ましい態度が気に食わなかっただけで、余としても投票制自体は悪いとは思っておらん。お前たちの言うとおり、求心力を補うには有効といえるかもしれんしな」

　俺と一虎と三龍が同時に皇帝に視線を向けた。しかし月天丸を除く兄弟の中で、ただ一人二朱だけが平然としていた。

「ほら、だから言ったでしょう？　お父様は月天丸を除外する気なんてないのよ。だから投票制でも大丈夫ってわけ。あたしの推測通りね」

　なにやら俺と月天丸を交互にチラチラと見ながら、得意げに二朱は語る。実はこの作戦を立案するとき、二朱は楽観的なまでに成功を確信していたのだ。

　そこで皇帝がちらりと二朱に視線を落とした。

「そうか、お前はやはり察したか」

「他の阿呆《あほう》どもはともかくね。そうするのが一番丸く収まるっていうのは見えてるもの。なんならあたしも協力するわよ？」

「ふむ。さすがと言いたいところだが、まだ青いな」

へ？　と二朱が目を丸くした。

「確かにその手は現状で有力な案だが、あくまで選択肢の一つに過ぎん。これからいくらでも覆る可能性はある。すぐに慢心してしまうのはお前の悪い癖だぞ、二朱。お前にもまだ即位の可能性は十二分にあるということをよく覚えておけ」

よく分からないが、父と姉の間で何かしらの高度な応酬があったらしい。さっきまで憎たらしいほどの余裕顔を浮かべていた姉が、みるみるうちに唇を曲げていく。

対照的に、皇帝は余裕綽綽《よゆうしゃくしゃく》で玉座の肘掛けに頬杖《ほおづえ》をつく。

「さて……それで、投票制だったな。余もその方法を否定はせん。だが、今の状況ではいささか公平とは言い難い。城下で活躍をしていた月天丸ばかりが過剰に有利になってしまうからな」

「じゃあやっぱり却下じゃないか」

「余の話を最後まで聞け」

呆《あき》れたような顔になって皇帝は俺の言を否定した。

「今の状況では公平性を欠くと言っているだけだ。将来、お前たちの人となりや能力が広く臣民たちに知れ渡った際には、投票制を検討してもいい」

「能力はともかく、こやつらの人となりが知れ渡ればむしろ投票には悪影響ではないのか？」

月天丸が的確に口を挟むが、

「構わんよ。よく知られた上で負ければ、こいつらはそこまでの器だったということだ」

あくまで皇帝は泰然としていた。

それを受けた兄たちは俄《にわ》かに活気づき始める。

「言ったな親父《おやじ》……？　男がそこまで吐いた以上、もう撤回は聞かねえぜ……？」

「ええ、人柄を知られれば知られるほどあたし達の勝ちはあり得ないものね」

「まったく僕らの器の小ささも舐《な》められたものです」

何一つ誇れることではないというのに、堂々と胸を張る兄たち。しかし、この中にあって俺だけは多少の危機感を抱いていた。

いざ投票制になれば義賊としての実績のある月天丸が大差で一位になるだろうが、おそらく二位は俺である。

人間的魅力の皆無な兄たちと違って、俺はあまりにも優秀すぎる。皇帝の言うとおり十分に人柄と能力を知られた上でなら、魅力に溢れる俺が人気で逆転一位に躍り出てしまう可能性も無視できな――

「言っておくが、貴様も傍《はた》から見たらあの連中と同じ穴の貉《むじな》だからな」

と、こちらの懸念を察したかのように月天丸が俺の尻をべしんと叩いてきた。

「月天丸……そうか。そうだよな。俺の卓越しすぎた才能は常人には理解されないよな。励ましてくれてありがとうな」

「ああそうだな」

なぜか棒読みで答える月天丸。

そこで皇帝が視線を月天丸の方に向けてきた。

「第五皇子よ。お前はこの選出法に異存はないのか？」

「私に発言権があるのか？」

「当然だ。お前も公式に認めた皇子であるからな」

ふむ、と月天丸は自らの顎に拳を添えた。

「皇帝よ。貴殿は指名にせよ投票にせよ、要は最もふさわしい者を次の皇帝に据える所存なのだろう？」

「然《しか》り」

「ならば私はさほど心配していない。所詮は当て馬に過ぎんだろうしな」

ひらひらと手を振る月天丸。

未《いま》だに月天丸は自分が皇位継承者の枠内にいることを信じていないらしい。投票になっても皇帝が結果を改竄《かいざん》するとでも高をくっているのかもしれない。

こちらにとっては好都合だ。上手《うま》くこの油断に付け込みたいものである。

皇帝は満足げに唸《うな》って俺たちを眺めた。

「そうか。では、投票制の検討を進めていくことにしよう。ついては、お前たちにも相応の働きをしてもらうぞ」

「働き？」

兄弟全員の疑問の声に、皇帝は頷《うなず》いて答える。

「簡単なことだ。臣民たちにお前らを知ってもらう第一歩として、それぞれ皇子としての衆前演説をしてもらう」

「正気か皇帝！」

これに対し、真っ先に怒号を発したのは月天丸だった。

「何ぞ異論があるか？」

「異論しかないわ！　こいつらに演説などさせてみろ！　下劣な言葉を吐き散らして信を

失おうとする未来しか見えんわ！」

いいや、おそらく言葉だけでは済まない。

俺の推察どおり、既に一虎などは喜色を漲《みなぎ》らせている。

「おいおい……オレはそんなふざけた演説はしねえよ。全身全霊でありのままのオレを見てもらうつもりだぜ」

ありのまま。

この表現は、一虎にとっては全裸を表す。

もちろんその暗喩が分からぬほど他人行儀な親子関係ではない。皇帝は鋭く牽制《けんせい》を放つ。

「演説の場は近く開催される武神祭の壇を予定している。神聖な行事ゆえ、明らかに品格を貶《おとし》める行為は厳罰に処す。場合によっては死罪も検討するものと思え」

「くそ……卑怯《ひきょう》だぞ親父！　人の特技を潰す気か！」

「みっともないわよお兄様。皇子としての演説なのだから、おふざけが許される訳ないでしょう？　もっと国のためになる建設的な将来の政策なんかを語るべきよ」

そう言う二朱の目にも汚い光が輝いている。それを見逃す父ではない。

「で、その建設的な政策とは何だ。言ってみるがいい」

「あら簡単ですわお父様。干からびる寸前まで税を搾って搾って搾り上げ、払えぬ者は運河の掘削にでも身柄を引く、苦悶《くもん》の悲哀の絶えない国づくりを宣言——はっ」

調子に乗っていたのだろう。

頭は回るが所詮は二朱も馬鹿の一味である。気が緩むとこうしてとんでもない失策をやらかすことがある。

「現実味に乏しい民への脅迫は許されん。それで三龍。お前はどうする？　先に言っておくが仮病は禁止だぞ」

「先日、僕の元を去った女官に演説の場で婚儀を迫りたいのですがどうでしょう」

「余が『いいぞ』とでも言うと思ったか？」

恐ろしいことに、三龍はゲスな試みではあれど本気で言っているようだった。実に未練がましい男である。

「加えて言うなら、その女官は既に祝言を挙げている。暇乞《いとまご》いの際に世話役がいい話を持ってきたからな」

「馬鹿な。皇子であるこの僕との婚儀よりもいい話があったというのですか？」

「いくらでもな」

皇子という地位は魅力的だろうが、添い遂げる相手の人間性が足を引っ張っている。

ちなみに三龍は未練がましいが別に一途《いちず》というわけではない。女官を口説こうとして失敗に終わった前科は今回で通算十五回目に及ぶ。

項垂《うなだ》れた三龍は、しかしすぐに目を輝かせる。

「では真面目に政策を語ろうと思うのですが、我ら皇帝一族の血統確保のために大後宮を築くというのはどうでしょう。数百人の規模で妾《めかけ》を囲み――」

「三龍」

「はっ」

「そういうところだからな」

撃沈。

皇帝の無慈悲な一言で己《おの》が負の側面を浮き彫りにされた三龍は、絶望して床に四つ足をついた。

そして皇帝の視線がとうとう俺に向く。

「……まずい、まずいぞ月天丸。馬鹿どもが勝手に失敗して落伍《らくご》していく。このままだと俺の優秀さばかりが際立ってしまう」

「貴様はそのままでいいと思うぞ。自覚がないあたりが十分に阿呆だ」

そのままでいい。

そうか――と俺は天啓を得る。そして月天丸の身を担ぎ上げた。

「うわっ！　何をする降ろせ貴様！」

「皇子の演説ということなら、今回の演説でこの月天丸を民衆にお披露目《ひろめ》していいんだろう⁉」

俺は無理に作戦を講じなくていい。

絶大な人気を誇る月天丸がその素顔を晒《さら》せば、その他四人の皇子の演説内容など吹っ飛ぶに決まっているからだ。

「駄目だ。今回の演説は、義賊としての勇名がある月天丸とお前たちの知名度の差を埋めるためのものだ。月天丸も登壇させてはますます差が広がってしまう」

しかし一蹴された。

「ほれ見たことか。だいたい、私は正式に宮廷入りするつもりなどないからな。演説などしては宮廷入りを応諾したも同然になってしまうだろう」

「くっ」

俺は歯噛《はが》みして月天丸を床に降ろす。

兄弟四人のあらゆる演説戦略が先手を打って封殺された今、残す手立ては地味に普通の演説をすることだけである。できるだけ平坦《へいたん》な声で、誰の心にも残らない内容を。

しかし、そうなれば勝負を分けるのは演台に立つ者から漂う風格しかない。あまりにも俺に優位すぎる分野だ。

危惧していると、皇帝が咳払《せきばら》いをした。

「あー……どうせこのままいけば、お前ら全員が『死んだような目と声で平坦な挨拶をする』くらいの演説にしかならんのは目に見えている。だが、そんな振舞いをされては親である余の沽券《こけん》にもかかわる。故に、一つだけ救済措置を与えよう」

「救済？」

兄弟揃《そろ》って玉座を仰ぐ。

「己の評価を下げようとする試みは許さん。しかし、他の兄弟の長所を挙げることは認めよう。皇帝になりたくないのなら、せいぜい他薦に精を出すといい」

近い位置で固まっていた兄弟全員が、一斉に散開して睨《にら》み合う姿勢となった。中央に残された月天丸だけがぽかんと立ち尽くしている。

まさに風雲急。皇帝のこの一言により、事態は新たな局面を迎えた。

既に四人は戦闘態勢に入り、互いの粗探しならぬ良いところ探しに全神経を集中している。


——しかし。

「くそ。どこにも褒めるところがない……！」

ロクにありもしない長所の探り合い。

此度《こたび》の押し付け合いも、波乱必死の激戦が予想された。

＊

「頼む協力してくれ月天丸！　俺だけじゃあの阿呆《あほう》兄貴どもの長所なんて見つけようがない！」

兄弟一丸となって皇帝に直訴に走ったのはもはや昔話。謁見の間を去る頃には誰も言葉を交わすことなく、殺気すら伴うほどの敵対意識を明確にして自身の『庭』に帰っていった。

『庭』とは正式な皇子に割り当てられる宮廷内の区画である。俺の場合は『第四庭』が持ち分であり、この中に自身の暮らす離れ屋敷や、個人用の道場などを設けている。

今はその離れ屋敷の居間で、月天丸に土下座をしているところだ。

月天丸の仮居室として、この第四庭の客舎を提供していたのが幸いだった。『庭』に連れ帰るという名目で、無事に月天丸を引き込むことに成功した。

「待て。私は貴様らの誰にも協力するつもりはないぞ」

「そう言うなよ。協力してくれたら、客舎の周りに仕掛けてる脱走防止の呼び鈴を外してやるから」

「私が逃げるたびにすぐ察知してくるのはそのせいか……」

月天丸が逃げ出すと、俺たち四兄弟の枕元に設置した鈴が警報として鳴るようになっている。そのたびに出動して確保に勤《いそ》しんでいるというわけだ。

月天丸は長いため息を吐《つ》いたが、やがて諦めたように俺へと向きなおる。

「協力してやれば、本当に私の脱走を見逃すのだな？」

「皇帝候補から完全に外れられても困るから、定期的に顔見せはしてもらうけどな。それ以外のときは城下で好きにやればいいし、まともな宿で寝たくなったら客舎はいつでも空けておく」

「まあ……その条件なら協力してやらんでもない。だから土下座はやめろ、気色悪い」

本当か、と俺は目を剝《む》く。

あの兄たちの長所を見つけ出すなど、難攻不落の城塞に一片の綻びを見つけ出すような業であるというのに。

俺が立ち上がると月天丸は緊張を解いたように卓の椅子に着き、淹《い》れたばかりの茶を啜《すす》った。ふうと湯気混じりの息を吐いて、

「たとえば、そうだな。やるときは意外と根性があるというのは評価できるかもしれん」

「なるほど。やるときはやる──か。誰のことだ？」

「ん、お前のことだが」

椀《わん》を傾けながら月天丸はこちらを小指で示す。

数秒の沈黙ののち、俺は微笑を浮かべながら首を振って応じる。

「あのな月天丸。俺の長所なんていくらでもあるんだから、そんなものを見つけたって何の自慢にもならんぞ。道端に転がる石を見つけて宝石と騒ぐようなものだ。冗談はよせ」

「今のところこの一点以外には何も見つかっておらんがな」

月天丸の冗談はさておき、本格的な検討に移る。俺は白紙の巻紙を物置から引っ張り出し、硯《すずり》と墨筆の準備を整える。

挨拶代わりの冗談を済ませたところで、しっかり他の兄弟の分析に移りたい。

「まずは虎兄だ。あいつのいいところは？」

「強そうだ」

「確かにそれはいえる。二朱姉は？」

「強そうだ」

「もっともだ。龍兄は？」

「強そうだ」

強そう、と巻紙に三連続で書いたところで俺は墨筆を窓の外に放り投げた。

「全員横並びじゃ何の意味もないんだ！　何かもっと……こう！　そいつならではの長所を挙げてくれ！」

「ええい！　そんなもの弟の貴様が一番よく知っているはずだろう！　なんでここ最近しか見ておらん私にそんなものが見抜けると思うのだ⁉」

「だってほら。お前は末の妹だから可愛《かわい》がってもらってるっぽいし」

「貴様らの生贄《いけにえ》として弄《もてあそ》ばれた覚えしかないわ」

それは困る。月天丸の義賊としての慧眼《けいがん》に期待していたのだが、やはりあの兄姉《きょうだい》たちに長所を見出《みいだ》すのは並みの眼力では難しいらしい。

「となると、やっぱり直接敵情視察をするしかないな……」

「あ、それなら私はもう用済みだな。城下に出て行くから、さらば——」

出て行こうとした月天丸の襟首をむんずと摑《つか》む。

「客観的視点も必要だ。『強そう』三連発だけで脱走を認めてやるのは安すぎる」

「安いも何も、貴様らが私をここに拘留していることに一切の正当性はないからな。その辺をよく覚えておけよ貴様。いつか寝首を掻《か》いてやる」

襟を摑んだままぶらりと猫のように月天丸を下げ、俺は一虎の住む『第一庭』へと足を向ける。

『庭』同士の間には木製の柵が張られており、これを無許可で越えることは皇子同士の間でも許されざる非礼とされる。

まあ、知ったことではない。

お互いへの非礼なんぞ今に始まったことではない。

跳躍一つで柵を乗り越え、軽々と第一庭に侵入する。その特徴は、とにかく殺風景なことである。俺の住む第四庭は最低限の植樹や整備がなされているが、こちらはゴツゴツとした岩が転がっているばかりだ。

たまに樹があるかと思えば、幹を砕かれて折れていたりする。

「なんでこの庭の樹はやたらと折れているのだ……？」

「一虎は訓練でよく樹を叩《たた》き折るからな。おかげでこの庭はほとんど緑がない」

元が風情にも疎い男である。

住まいである屋敷も造りは上等だが華やかさはまるでなく、道場をそのまま家にしたかのような印象を受ける。

「よし月天丸。あの中に一虎がいるだろうから覗《のぞ》いてきてくれ」

「断る。もし例のごとく全裸だったらどうするつもりだ」

「心配するな。一虎もさすがに自宅では脱がない。軽率に脱ぐのは人前でだけだ」

「逆にさせろ」

頑として月天丸が単身での覗きを拒んだので、しょうがなく二人揃って屋敷に接近する。気配の消し方についてはさすがに月天丸も一流だった。普通なら一虎に勘付かれただろうが、その心配はまるで感じさせない。

身を伏せながら屋敷の窓のそばまで迫り、内部の音に耳を澄ませると――

「……イビキが聞こえるな」

月天丸がなんともいえない表情を浮かべた。こちらが必死になって長所探しをしている間に、まさか敵が戦いを放棄していようとは。

壁伝いにイビキのよく聞こえる方に移動していくと、やがて寝所の窓に辿《たど》り着《つ》いた。覗き込めば、首まで布団にくるまって熟睡している一虎の姿があった。

「神経が図太い……という長所になるのではないか。これは」

「いいや、単に馬鹿なだけだ」

俺は断言する。おそらく探しても他の兄弟の長所など見つからぬと踏んで、早々に昼寝を決め込んだのだ。

「どうするのだ？　長所を探ろうにも、本人が動かなければ良いところなぞ見つけようもないぞ。家探しでもするつもりか？」

「いや、きっと探したらもっと短所に繋《つな》がるものが出てくる可能性が大きい。それよりはこの無防備な状況を活《い》かして、無理矢理《むりやり》にでも一虎の長所を作ってしまおう」

「作る？」

ああ、と俺は頷《うなず》いた。

「一虎は見てのとおり強面《こわもて》だ。愛嬌《あいきょう》とは無縁の硬派な存在——そう見えるだろう。たとえば、そんな強面の男に動物を愛《め》でる趣味があったらどうだ？　これは意外性があって好印象を与えるんじゃないか？　統治者としては強さだけじゃなく優しさも必要だからな」

「いやまあ、それは一理あるかもしれんが……無理があるだろう。この庭では犬どころか家禽《かきん》すら飼っていないようだし」

「ちょっと待ってろ」

月天丸を残し、俺はその場から一旦離れる。広大な敷地を早駆けで飛ばし、十分ばかりのうちに舞い戻る。目的のものをしっかり腕に抱えて。

「……なんだそれは？」

「見れば分かるだろう。野犬だ」

ちゃんと言いつけどおりに待っていた月天丸に掲げて示すのは、薄汚れた野犬である。

飼い犬と違って躾《しつけ》もなっておらず、どちらかといえば狼《おおかみ》に近い性質だ。今も俺の腕の中で暴れ、隙あらば噛《か》みつこうとしてくる。

「宮廷の屑《くず》捨て場にはよくこういう野犬が寄ってくるんだ。柵も立ててるのに、どこから侵入してくるんだか……」

「……一応確認するのだが、その犬をどうするつもりだ？」

「窓から放り込む」

月天丸がげんなりした顔になった。

「飢えた犬だから寝転がってる肉……もとい一虎にはすぐ噛みかかるだろう。だけどあの兄は頑丈な上に鈍感だからな。きっと迷い込んだ番犬がじゃれてると勘違いするはずだ。追い払いもせず放《ほ》っておくだろう」

「そこまで馬鹿なのか？」

「そこまで馬鹿なんだ。そうしてこの要領で毎日、気付かれないよう一頭ずつ野犬を追加していく」

「気付かれないわけがあるか」

「いいや断言する。奴《やつ》は気付かない。というか気に留めない。そして最終的にこの家は大量の犬に埋もれることになる。犬御殿の完成だな。そうなれば自然と一虎の『犬好き』の評判が広まるって作戦――」

げしっ、と。

尻を蹴られたと分かった次の瞬間には、俺は窓枠を頭から突き破って寝所の中に落下していた。

「ああすまん。発想が酷《ひど》すぎて貴様を犬畜生と間違えてしまった」

「裏切ったな月天丸！」

蹴り込まれると同時に取り落とした野犬は、一目散に屑捨て場の方角へと逃げていく。

慌てて追おうとする俺だったが、背後でゆらりと立ち上がる不穏な気配を察した。しまった。

気配を断つことも忘れ、不用意に騒ぎまくってしまった今の俺たちの態度は、もはや一虎の警戒心を掻《か》い潜《くぐ》れるものではなかった。

「なるほど、敵情視察ってわけか。オレも舐《な》められたもんだな。礼儀のなってねえ馬鹿な弟には、いっちょ躾をしてやらなきゃな……」

振り向けば、愛用の棍《こん》を肩に担いで悪辣な笑みを浮かべている一虎がいた。

鎖帷子《くさりかたびら》まで身に纏《まと》っている。今布団から出たばかりだというのに、完璧な戦装束だった。

どうやら眠るときは夜襲に備えているらしい。

月天丸は危機を察知してか既に窓から消えてトンズラしている。我らが妹ながら、大した卑怯《ひきょう》さである。

「――オラぁ！　死なない程度に死にやがれぇっ‼」

躊躇《ちゅうちょ》なく殴りかかってくる一虎。

素手の弟を相手にするのに武器と防具の完全武装。これはどう贔屓目《ひいきめ》に見ても人間の屑だ。褒められる要素が一つもない。

敵前逃亡の恥を承知で窓から脱出しながら、俺は長兄の不甲斐《ふがい》なさを憂えた。

ただ一つだけ、辛うじて確信できた彼の長所といえば――就寝中は意外としっかり着込んでいるということだった。

＊

「次は姉上だ」

「まだ懲りてないのか貴様？」

辛くも一虎からは逃げ切ったが、さすがに無傷では済まなかった。全身に掠《かす》り傷《きず》と、顔面に拳の青あざを作られてしまった。

第四庭の自宅まで退避すると、先に逃げ帰った月天丸が茶を啜《すす》りながら待っていた。この隙に城下に脱走している可能性も考慮したが、意外とその辺は律儀らしい。

その殊勝さに免じて、先ほどの裏切りは許してやることにする。

「しかしな、あの二朱という姉はよく考えたら簡単に長所が見つかるのではないか？　見目は麗しいことだし、貴様らに比べたらずいぶんと頭も回るし」

「ああ、正直いうと俺も最近まではそう思っていた」

「最近？」

ああ、と俺は頷く。

「ほら、前に姉上がふざけてお前に化粧をしただろう？」

「そんなこともあったな」

「あのときのお前もなかなか美人に見えたからな。あれは姉上が元から美人というより、単に化粧上手と見た方がいい。素顔は十人並みのはずだ。現にお前も化粧なしでは単なる子供としか──どうした？」

「貴様な、女人に対する礼儀というのを少しは弁《わきま》えろ。粉を叩《はた》いただけで美人になるなら、それは元がいいということだ」

みるみるうちに眉根に皺《しわ》を寄せた月天丸は、少し乱暴に椀《わん》を卓に置いた。

「だとしても、見た目の良い悪いは皇帝としての資質に関係ない。長所にしても皇位継承に関連していなければ挙げても意味がないんだ」

「こういうときだけ正論を吐くな貴様……しかし、さっきの長兄はどうなる。服を着るのが長所など、当然のことすぎて皇帝としての長所にはならんだろう？」

「いいや。美醜に関わらず皇帝は務まるが、服を着ていなければ皇帝は務まらん」

「反論できんのが腹立つ」

月天丸は唇を尖《とが》らせてそっぽを向いた。思い通りにならないと不貞腐《ふてくさ》れるところはやはりまだ外見通りの子供である。

「あとは……姉上の頭が回ると言ったな？」

「ああそうだった。それは皇帝としても有益な能力だろう」

「惑わされるな。あれも本質的なところでは馬鹿の一員だ。真の天才である俺にはまったく及ばない」

それを聞くと、月天丸は哀れな者を見るような顔になった。妹に案じられるとは、二朱も不憫《ふびん》なものである。

「というわけで、次は姉上の『第二庭』だ。まあ、多少の知恵が回るのは事実だし、家探しをすれば長所の一つくらいは見つかるだろう。少なくとも一虎よりはずっと楽なはずだ」

「貴様……今度こそどうなっても知らんからな」

そう言いつつも月天丸は律儀についてくる。一度交わした約束に忠実なところは美徳だ。残念ながら、今回の演説で月天丸は対象外だから長所を見つけたところで意味はないが。

月天丸とともに宮廷の敷地をしばし駆ける。

第二庭は宮廷内でもっとも隅に位置する代わり、一番広い土地となっている。境界の柵を乗り越えた先に広がっているのは、風光明媚《ふうこうめいび》を体現する実に見事な庭園である。

四季によって咲く花を違《たが》える木々の植栽。小川を模して引かれた水路のせせらぎ。蓮《はす》の華の浮いた桃源郷のごとき池。一虎の『庭』とは対照的に、貴人らしい粋に満ちている。

「これはすごいな……」

月天丸も感心している。盗みを生業にするだけあって、目利きもできるのだろう。庭飾りの石一つでも、それなりの価値が付くのを見取っている。

「だけど月天丸。まだ驚くのは早いぞ。姉上の屋敷はもっと凄《すご》いからな。なんせ通に疎い俺ですら、初めて見たときは鳥肌が立ったくらいだ。本人も『住める芸術』と豪語していたくらいだし。お、そろそろ見える頃だぞ」

「盗みに入れんのが残念だな。まあいい、そこまで言うならとくと拝んで――」

前方に視線を向ける俺と月天丸の会話が止まった。

なぜなら、行く手にあるのは豪華な屋敷などではなく、白煙を上げる巨大な火柱だったからである。


――二朱の屋敷が炎上していた。


「やっと来たわね……あなたたちがこうして敵情視察に来るのは読めてたわ」

と、棒立ちになっていた俺たちの背後から、手を叩《たた》きながら二朱が声をかけてきた。近くの木の陰に隠れていたらしい。

「悪いけれど、先に証拠隠滅を図らせてもらったわ。もはやあたしの家を漁《あさ》っても炭屑か灰しか出てこない。長所の痕跡なんて欠片《かけら》も見つからないはずよ……ふふ、目論見《もくろみ》が外れてご愁傷様といったところかしら？」

「おい、自分ちが目の前で炎上してる奴に『ご愁傷様』などと言われて私はどういう顔をすればよいのだ？」

　月天丸がこちらの袖を引っ張って尋ねてくる。俺は「神妙な顔をしていろ」と返す。月天丸は神妙な顔になった。

「そう、その顔が見たかったのよ！　先手を打たれて悔しがって苦悶《くもん》にあえぐその表情……！　ああ、最高の気分だわ！」

　一方、二朱は高笑いして一人で盛り上がっている。

　俺はこっそり月天丸に耳打ちする。

「これが姉上の致命的に駄目なところだ。人を策で陥れることが好きすぎて、その策で自分が負う痛手を度外視してしまう癖がある」

「すごいな。一瞬にして奴の評価がお前らと同水準の馬鹿に落ちたぞ」

「せっかくだからもう少し面白いものを見せてやる」

　実際のところ自宅ごと燃やすというのは、証拠隠滅として完璧だった。これで二朱の長所を探すのは失敗したといえる。

　せめてその憂さ晴らしをさせてもらう。

　俺は演技がかった口調になって、

「なんてこった……！　これで姉上の長所はもう、皇位とほぼ関係のない美貌くらいしか残っていない！　いや待てよ。しかし姉上ほどの美貌なら臣民の心も摑《つか》みうる可能性が……？」

「ふふっ、甘いわね。その希望すら消させてもらうわ！」

二朱が指を弾《はじ》くと、どこからともなく世話役の老婆が滑り出てきた。

「お嬢様。いかな御用でしょう？」

「婆《ばあ》や。至急、甘い菓子と脂っこい料理を目一杯用意しなさい。演説の日までは武術の稽古も中止よ。この美貌が見る影もなくなるくらい肥え太ってやるわ！」

「承知いたしました」

恭しく頷《うなず》く老婆の横で、二朱は勝ち誇った笑みを見せる。

負けじと俺も次の一手を打つ。

「待てよ。いかに肥え太っても、姉上の美しい長髪だけでも万人を魅了して余りあるかもしれん……」

「婆や。追加でカミソリも持って来なさい。丸坊主になってやるわ」

「承知いたしました」

こうなると二朱はもう止まらない。自ら破滅の道を進んで——

げしっ、と。

背中に跳び蹴りを浴びせられて俺は顔から地面に突っ込んだ。

「冷静にならんか！　この馬鹿は貴様を陥れようとしているだけだぞ！」

月天丸が二朱に向けて警告を叫んだ。二朱はしばし首を傾《かし》げていたが、ややあって「はっ」と正気に戻る。

「危ないところだったわ……よくもこのあたしを担いでくれたわね、四玄」

「担ぐというほど器用なものではなかったがな」

月天丸の言うとおりである。あんな雑な演技に乗せられる二朱の方が全面的に悪い。

だが、そんな正論は俺たち姉弟《きょうだい》の間では通用しない。

俺は素早く体勢を立て直して、いつでも逃げられる構えを取る。今度は一虎のときのような不覚は取らない。自衛用の小太刀も懐に忍ばせている。

来るなら来い。じりじりと後退しつつ二朱の攻撃に備える俺だったが――次の瞬間に二朱が見せたのは、意外にも穏やかな笑みだった。

「……姉上？　怒っていないのか？」

「あら、この程度でいちいち斬りかかるほど物騒な人間じゃないわよ。半分以上はあたしの自業自得でもあるしね」

こちらが言及していない『斬りかかる』という発想に至っている時点で、十分すぎるほど物騒な人間だと思う。

「止めてくれてありがとうね、月天丸ちゃん。四玄みたいな阿呆《あほう》のお守りをしてくれて本当に嬉《うれ》しいわ」

「私はこいつのお守り役になった覚えはない。単に引き回されているだけだ」

「いやいや、謙遜はいいのよ。よかったわ、うふふ」

穏やかな態度がかえって不気味である。絶対に何か企《たくら》んでいる。

妙な策略に巻き込まれないうちの撤退を決意。俺は月天丸の手を引き、その場から踵《きびす》を返す。

「あんたたちの仲がとっても良さそうだってこと、ちゃんとお父様にも伝えておくわ。きっとすごく喜ぶはずよ」

なぜだろうか。

こちらの去り際に二朱が放った何気ないこの言葉は、異様に不吉なものと感じられた。

＊

再び戻った第四庭の屋敷。荒事もなく無事に済んだとあって、月天丸は呑気《のんき》にヘラヘラとしている。

「なかなかどうして寛大な姉君だったではないか。あれは長所になるのではないか？」

「いや……普段はもっと短気のはずなんだけどな。不気味だ」

「終わったことを気にしてもしょうがないだろう。さあ、それより次に行くぞ。三人目が終われば私も自由の身なのだろう？」

上機嫌になっている理由は、いよいよ終わりが見えてきたからというのもあるらしい。ロクな長所は未《いま》だ見つかっていないが、とりあえず三人の視察が終われば月天丸を自由にする約束だ。

残すは三龍ただ一人。

居間での休憩を終えて、第三庭へと歩み出す。その道すがらで、月天丸はやや悩むように顎に手を添えた。

「ふと考えてみたのだが、次の三龍という男はいまいち掴みどころがない気がするな。今までは『堂々とした変態』に『頭のいい馬鹿』という感じで一目瞭然に分かりやすかったのだが、今度はパッと印象が浮かばん」

「そういう表現の仕方をすると、龍兄は『卑劣な助平《すけべ》』だろうな」

「ひれつなすけべ」

生まれたての鸚鵡《おうむ》のような発音で月天丸が復唱した。

「その……響きだけでいえば今までの二人よりも格段に酷《ひど》くないか？　まがりなりにも前二人は『堂々』とか『頭のいい』とか付いたのに、今度は『卑劣』な上に『助平』では何一つ救いがないではないか」

「そうだ。だからある意味で一番の難敵ともいえる」

第三庭への柵が見える。他二人の兄姉《きょうだい》に比べて、三龍の庭への柵は牧柵のように隙間だらけである。わざわざ飛び越えるまでもなく、普通に跨《また》ぐことすらできる。

これは声掛けした女官が夜忍びしやすいように——という彼なりの配慮らしいが、未だそれが効果を示した事例は報告されていない。

「ただな月天丸。少しだけ擁護するなら、卑劣っていうのは何も悪いことばかりじゃない」

「そうか？」

「ああ。たとえば俺たち兄弟が、それぞれ皇帝と一騎打ちしたとする。まあせいぜい、もって数分で倒されるだろうが——三龍だけはたぶん十分以上は余裕で粘れる」

皇帝の強さを目の当たりにしたことのある月天丸は、その凄さがよく分かったのだろう。その場で少し跳ねて目を見開いた。

「それは大層なことではないか！　では、貴様らの中であの者が最も強いということか？」

「それは断じて違う。一番強いのは俺だ。三龍が一番長く粘れるのは、単にあいつの戦い方が卑劣なだけだ」

俺は三龍の基本戦術を月天丸に解説する。

──少しでも強い敵に当たったら、とにかくまずは一歩引く。かわして逃げる。一騎打ちの場となれば決め手を相手の体力切れに求める。攻め手に出るのは確実な格下相手のみ。

「それは確かに、あまり気持ちのいい戦術とはいえんな……」

げんなりとした声色になって月天丸が目を細めた。

だが、俺はこの戦法を全否定するつもりはない。ある意味で理に適《かな》っているのは事実だからだ。絶対に真似《まね》をするつもりはないが。

「あとは道具もよく使う。必要なら武器に毒でも痺《しび》れ薬でも塗る。状況が許せば罠《わな》だって仕掛ける。お前の脱走防止に仕掛けた鈴の警報も、三龍が作ったものだ」

「ロクでもない技能ばかりあるな貴様らは」

「器用なんだあいつは。仮病のために本物そっくりの血糊《ちのり》まで仕上げるし……」

そこで「む？」と月天丸が首を傾《かし》げた。

「どうした？」

「待て。そこを素直に褒め所とすればよいのではないか？　それだけ器用に物を作れるということは、まんざらただの馬鹿ではあるまい。戦い方も裏を返せば慎重ということだし、見の目が優れているとも取れる」

ああ、と俺は嘆息した。

「そうなんだよな……。あの兄に限れば、そういう風に褒められるはずなんだよな……」

「どういうことだ。何か褒められん事情でもあるのか？」

「行けば分かる」

そして往《ゆ》く手に見えてきた三龍の屋敷は、月天丸の表情を凍らせるにふさわしいものだった。

一面の金ピカである。

塀から屋根やら柱まで、すべてが眩《まばゆ》いほどの金色。二朱の庭園のように風情があればそれも一種の美として扱えたのだろうが、これは単に金色というだけで造形に一切の趣がない。

ただの成金の悪趣味な屋敷としか映らない。

「もちろん、こんな量の黄金を皇子一人の家に使うことはできない。これは三龍が自分で作り出した『金っぽい感じ』の金属箔で飾っているだけだ」

「……何のためにだ？」

「そりゃあ、お付きの女官に自分の金満っぷりを誇示するためだろう」

月天丸の頬《ほお》が引《ひ》き攣《つ》った。

さらに、気配を殺しながら屋敷の正面にまで回る。するとそこには、まるで花街の酒家のような大看板が灯籠添えで掲げられていた。

『第三皇子・三龍邸へようこそ。心より貴女《あなた》を歓迎いたします。どうか願わくば貴女が運命の相手でありますように』

無駄に達筆なのが実に腹立たしい。

「……あの看板は何だ？」

「新しい女官を迎えるたびに掲げるんだ。そうか、そろそろ後任が来る時期か……これもある種の風物詩だな……」

「さっきの屋敷より、この屋敷こそ燃やすべきだ」

月天丸の正論に俺は大きく頷く。

待ち伏せられているような気配はないので、さらに大胆な接近を試みる。歓迎の意を示すかのように開け放たれた戸口に近寄ると、中から声が漏れ聞こえてくる。

明らかに三龍の声だ。

「『お待ちしておりました』――これは違いますね。『貴女が来ることは夢に見ておりました』こちらが第一声にふさわしい。初心《うぶ》な乙女が頰を染めるのが目に見えるようです。『武芸優秀にして眉目秀麗。百般に長《た》けし最高の皇子。この三龍の元に導かれた貴女こそ、この安都でもっとも幸運な女性といえるでしょう』――我ながら最高です。この殺し文句で落ちぬ女性はいないでしょうね……ふっ。楽しみです」

戸口から覗《のぞ》く玄関先の居間で、文机《ふづくえ》に座った三龍がブツブツと独り言を吐きながら怪文書をしたためていた。

当然、演説の台本ではない。おそらくは新たな女官が着任すると聞き、演説争いを放棄して歓迎の台本の作成にかかったのだろう。

いいや、それより肝心なのは独り言の内容である。自己をよりよく見せるために、彼が自認する長所のことごとくが列挙されている。この演説戦――長所探しにおいては、致命傷とでもいうべき隙といえる。

だというのに。

「すごいな、あんなに長所を露呈しているのに、まったく心に響かんぞ……」

「そうなんだ。龍兄はこういうときに死ぬほど自分を大きく見せようとするんだが、驚くくらいに説得力がない。だから、長所は見えているのに褒める気になれない」

あの言葉をそのまま引用して演説の台本に使えば話は早いのだが、皇位回避に手段を選ばないこの俺ですらかなりの拒否感がある。そのくらいに生理的嫌悪を漂わせる男なのである。

「どうする月天丸。何かいいところは見出《みいだ》せそうか？」

「無理だ。こんな負け戦をどう戦えというのだ」

「やっぱりそうか……じゃあ、帰るか」

「待て。とりあえず女官が来るまで様子を見る。万が一、あの男の毒牙にかかりそうになったら止めねばならん」

月天丸の義賊癖が出た。

実際のところ三龍は口だけ達者で手を出せたことはないから、そこまで心配する必要もないと思う。しかしまあ、いよいよ追い詰められて凶行に走る可能性も無視できない。

独り言の内容からして、そう長く待たずともやって来るということは分かったので、戸口のそばでしばし待った。

そう気合を入れて隠れずとも、三龍の気は散り放題だったので勘付かれる恐れはない。

そして日が暮れかけ、灯籠によって気持ちの悪い大看板が明々と照らされ始めた頃、宮廷の方から人影が向かってきた。

――妙にでかい人影が。

「おお、四玄様ではないですか」

そして、そのでかい人影は見知った顔だった。

宮廷の警備を担う番兵たちの中で、とりわけ訓練熱心な若手の坊主頭である。日頃の鍛錬のおかげか、元からの大柄な体軀《たいく》が筋肉に覆われて凄《すさ》まじい巨漢に仕上がっている。

名前は知らないが、印象的な見た目だったので内心では筋肉坊主と呼んでいた。

「どうされたのですか？　三龍様にご用事が？」

「いや。散歩してたら第三庭に迷い込んでしまっただけだ。すぐに自分の屋敷に戻るから、俺がここにいたことは龍兄には内緒にしてくれ」

「左様ですか。承知いたしました」

この筋肉坊主の接近を察知して、月天丸は物陰に素早く隠れている。未だ彼女の正体は宮中でもごく一部の者しか知らない極秘事項だ。

もちろん俺とて同じように隠れることはできた。だが、敢《あ》えてそうしなかった。

ふと、ある予感がして残ったのだ。

「あー……ところで、そちらこそこんな時間に龍兄に何の用事が？」

「私ですか。いや実はですな――」

筋肉坊主の話を要約すると、こうだった。

とうとう三龍の担当になりたがる女官候補がいなくなった。

宮中の手配師が誰でもいいから適任を探していた。

そこで「皇子たちの強さの秘訣《ひけつ》を間近に見たい」と手を挙げたのが筋肉坊主。

以上。

「そうか。頑張ってくれよ。きっと龍兄も喜ぶだろう。どうか精進してくれ」

「有り難いお言葉、恐縮です。精一杯やらせていただく所存です」

ずしずしと巨人のような足音を響かせ、肩で風を切りながら筋肉坊主が三龍の屋敷に乗り込んでいく。

俺と月天丸は、ただ静かにその場を去るのみだった。

＊

男に二言はない。

一切の収穫は得られなかったが、俺は約束どおりに月天丸の釈放を認めた。

「月に何回かは顔出せよ。あと、義賊やるのはいいけど危険な相手に首突っ込むときはよく注意しろ。どうしても必要なときは手伝ってやるから呼べ」

「何度も言わんでも分かっている。言う通りにせねばまた攫《さら》いに来るのだろう？　そんな面倒は御免だからな」

俺の独断ではあるが、定期的な顔見せは確約したので問題はあるまい。兄たちには明日にでも説明しておけばいい。無精者揃《ぞろ》いだから、わざわざ単独で引き戻しに向かうことはないだろう。今までも家出回収の言い出しっぺはだいたい俺だ。

城下を歩いても不自然でない安物の麻服を纏《まと》い、月天丸は草鞋《わらじ》を足に馴染《なじ》ませる。兄弟たちの邪魔さえなければ、月天丸なら宮中の警備を抜けて城下に出るのは容易《たやす》いだろう。

準備運動とばかりにその場で何度か跳ねた月天丸が、急にこちらを振り向いた。

「言い忘れていた。演説の件だが――」

「任せろ。厳しい戦いになるだろうが、俺は絶対に負けない」

「そんなことは誰も気にしておらん。確か皇帝が、演説は武神祭のときに行うと言っていただろう？」

「そういえばそうだな」

武神祭とは、年に一度この都で行われる初夏の定例行事である。戦の勝利を祈願する祭りではあるが、武人たちの景気付けという側面も大きい。

そのため厳粛な神事というよりは、出店も見世物も何でもありの宴会騒ぎといった雰囲気である。

都で年間に売られる酒の半分近くが、この祭りの期間中に飲み干されるという俗説すらある。

「街の者たちはこの祭りを楽しみにしているのだからな。貴様らが互いに潰し合うのは勝手だが、あまりつまらん問題を起こして祭りの空気に水を差してくれるなよ」

「ああ、それについては親父《おやじ》からも念押しされた」

「皇帝から？」

「おう。武神祭には『皇帝に武神の加護あり』って示す意図もあるから、絶対に面目を潰すなって」

父である現皇帝はこの祭りで臣民たちに娯楽を与えると同時に、自らの威信も巧みに示してきた。

たとえば宮中の庭園の開放などその策の一つだ。

普段なら警備上の理由で宮廷に部外者が出入りすることは許されない。しかし、この祭りの期間中はごく一部であれど庭園への一般立入が許可されるのだ。しかもそこで花見をするも酒を飲むも自由ときている。

無論、一般立入を認めればよからぬ人物が紛れ込む危険性も大いに増す。

しかしそれに対し『武神の加護があるゆえに、万事問題ない』と皇帝自らがお墨付きを出す。そしてその言葉どおりに今まで一度も大きな事件は起きていないから、市井では『皇帝に武神の加護あり』という風説が広まっている。

──どうせ、皇帝が誰にも気付かれないうちに自力で刺客を排除しているだけだと思うが。

「そういうわけだから、演台に火を放ったりはしない。安心しろ」

「貴様、念押しされなければそれも策として考えていただろう?」

当然である。この状況にあっては、ありとあらゆる方策が検討されなければならない。

肝心の兄たちの長所が見つからなかったのだから、別の搦《から》め手《て》を練らねば。

「まあ問題ない。演説のある祭りの初日までは、まだまだ半月近くも余裕がある。俺の卓越した頭脳をもってすれば、策なんて湯水のように湧いてくるさ」

「そうかそれはよかったなそれじゃあ私はもう帰るからなさらば」

まるで感情のこもっていない別れの挨拶を告げ、足早に月天丸は駆け出して行った。また数日もすれば城下には義賊・月天丸の勇名が轟《とどろ》くのだろう。兄として誇らしい気分でもある。

「さて……俺も今日のとこはもう寝るか。まだまだ全然大丈夫だしな」

半月もあれば、俺の卓越した頭脳からとめどなく妙案が溢《あふ》れるに決まっている。何一つの憂いなく、その日の俺は床に就いた。


翌日以降も泰然自若の風格で俺は焦らなかった。

三日四日と着実に日は流れつつも、その間にも深層意識の中で着々と思考立案が進んでいるという確信があった。

七日が過ぎてなお、俺の心は乱れない。なおこの間、一虎は訓練放棄の不貞寝《ふてね》を続け、二朱は屋敷再建の手配に追われ、三龍に至っては「探さないでください」と謎の失踪を遂げた。誰も彼も策を練るどころではなく、ますます俺に有利な状況が整えられた。

さらに三日の時が過ぎる。十日目ともなれば機は熟す頃である。いよいよ俺は自宅の文机に腰を落ち着け、いざ具体的な作案に移った。

やはりというべきか、筆を握った手は滑らかに計画を綴《つづ》ら――なかった。

十一日目の俺は机の上でひたすら石像と化していた。十二日目、机の前に固まっていたのがかえって思考を妨げたのではないかと思い、この日は一日中木刀を振り続けた。何も案は出なかった。

十三日目にして、俺は初めて不安と危機感を覚える。しかし精神を整える技術に長《た》けた俺は、その不安と危機感をすぐさま心から追い出すことに成功する。

そして今日——十四日目の記憶はぽっかりと欠落している。

決して他の兄弟から監禁や拘束を受けたわけでもなければ、意識不明に陥ったわけでもない。ただ漫然と「ああでもないこうでもない」と考えながらロクに記憶にも残らぬ無為の時間をつらつらと過ごしたというだけである。

「よう、顔見せついでに差し入れを持ってきてやったぞ——どうした貴様！　死にそうな顔だぞ！　毒でも盛られたか⁉」

俺がやっと明瞭に意識を取り戻したのは、夜になって月天丸が約束の顔見せに来てからである。

その晩は珍しいことに、月天丸がやたらと上機嫌で甘団子まで持参してきていた。

「……月天丸か。どうした。今日は妙に気前がいいじゃないか」

「ああ、昨晩は久しぶりに悪党からしこたま盗んでやったから気分もいいし懐も潤ってい てな……って、それどころではないだろう！　貴様こそどうしたのだと聞いている！」

「別に何も。いや、そういえば昨日から寝てないし飯も何日か食ってなかったような……」

「ったく、そんなことか。焦らせるな」

書斎で仰向《あおむ》けに転がってただ天井を見るばかりだった俺の口に、月天丸はむりやり甘団子を押し込んできた。間髪入れずに水差しの水も流し込まれる。

「どうせその様子だと、結局何も思い浮かばなかったのだな？」

「俺が悪いんじゃない。まるで持ち上げる取り柄のない兄姉《きょうだい》たちが悪いんだ……」

「どこまでも責任転嫁する奴《やつ》だな貴様。ほら、下手の考えは何とやらというだろう。とっとと休んで眠れ。どうせ他の連中も大差ないはずだ」

こちらが回復するまで見張るつもりか、月天丸は胡坐《あぐら》をかいてその場に腰を据えた。なんだかんだいって慈悲深い。しかも一歩宮廷を出れば、天下の義賊として国民たちから褒めたたえられている。

まったく他の兄弟たちとは大違いである。

せめてこの月天丸の人気のごく一部でも兄たちに分けることができたら——……？

そのとき、俺の頭の中でごく些細《ささい》な光明が輝いた気がした。

だが、疲弊しきった意識はその光明を拾うことができず、そのまま闇に落ちていった。

＊

いよいよ運命の日が来てしまった。

武神祭に際して一般開放された庭園は安都の住民でひしめいており、俺はその光景を宮廷正面の大階段の最上から見下ろしている。隣には一虎・二朱・三龍も並ぶ。

この位置が今日の俺の処刑台――もとい、演台となるわけである。

「――であるからして、我が国の栄えるは武の神の加護あらばこそ……！」

ちなみに、皇帝はこんな半端な位置の大階段などではなく、宮廷の最上階に位置する展望台から物凄《ものすご》い声量で開祭の宣儀を行っている真っ最中だ。あの距離から庭園まで明瞭な声を届けられる人間はあの化物くらいである。

皇帝の宣儀の内容には特に耳を傾けず、俺は自身の思考に耽《ふけ》る。

「どうするか……」

結局、最後の最後まで大した策は何も思い浮かばなかった。

せいぜい思いついたのが、「できるだけ話を引き延ばすこと」くらいである。今も眼下を見下ろせば分かるように、ほとんどの住民は酒瓶や酒樽《さかだる》を手に、今か今かと祭りの開始を待っている。日頃は尊敬を集めている現皇帝の宣儀にしろ、今このときは「早く終われ」と思っている者が大多数のはずだ。

ましてや皇帝に次いで演説を始める皇子たちの演説など、誰も期待などしていない。牛歩のごとく遅々として迂遠《うえん》な話を続ければ、顰蹙《ひんしゅく》を買って人気を落とせるかもしれない。

だが弱い。

その程度のことは誰でも考え付く。他の兄弟たちもできるだけ長引かせて顰蹙を買おうと努めるはずだ。

その中でさらに一歩前に出るためには、斬新な打開策が必要となる。

「くそ」

苛立《いらだ》ちに爪を噛《か》むが、何も浮かばない。

昨晩、月天丸に世話をされているとき何か浮かびかけた気がするのだが、今朝起きたときには既に月天丸は帰っていた。

「よく噛んで食え」という書き置きとともに甘団子が残されていたのみだ。

もう一度あいつの顔を見れば何か閃《ひらめ》くかもしれないのに。

月天丸もそれなりに祭りを楽しみにしていたようだから、きっとどこかに紛れているはずだ。しかし、群衆の中を探せど見当たらない。元が小柄で見つけにくい上に、もしかすると面倒事を避けるためにわざと身を隠しているのかもしれない。

「ああ畜生。もうオレの番か……ほら、お前らは下がってろ」

そうこうしているうちに、皇帝の宣儀が終わって一虎の順番が巡ってきた。

至極嫌そうな顔をしながらも、一虎は立ち上がって大階段の中央に向かう。その位置だけ赤い絹布が敷かれており、皇子たちの演台を示している。

一虎を除く三人は、やや後方に下がってただ己《おの》が順を待つ。回ってくるのが最後なだけ俺が一番有利だが、そう悠長なことを言ってもいられない。

ともかく今は一刻も早く月天丸を見つけなければ、と。

一虎の演説の内容もロクに聞かず、焦りながら庭園を見回しているうちに、ふと気付いた。

──演台の一虎に向かって静かな殺気を滾《たぎ》らせる、不審な男の存在に。

「あら。普通に怪しい奴がいるわね」

「ええ、殺気の隠し方がなっていませんね。一虎が登壇してから露骨すぎます」

俺と同じく、二朱と三龍も気付いた。

普段ならば一虎もすぐに気付いただろう。だが今は、演説中とあって自分のことで精一杯になっている。俺はじっと目を凝らして暗殺者らしき男の様子を窺《うかが》う。

「あの様子だと、たぶん懐に小型の弩《いしゆみ》でも隠してるな……。狙い撃つつもりかもしれん」

「四玄。あんたちょっと行って片付けてきなさいよ。あの馬鹿白髪があんなのに殺されるとは思えないけど、演説の最中に襲撃されたら『武神の加護なし』ってことであいつの風評が落ちかねないわ」

「そうなっては一虎だけが後継候補から外れかねない。そんな抜け駆けは許されません。さ、四玄。速やかに対応を」

「同感だけど……なんで俺なんだ？」

「演説の順番が一番最後だからよ。有利なんだからそのくらいの面倒は引き受けなさい」

そう言って二朱はちらりと舌を出した。どうやら俺に考える時間を与えないつもりらしい。

こういうとき、末弟の立場は弱い。俺は早々に反論を諦め、その代わりに一秒でも速やかに暗殺者を排除しようと決めた。

気配を殺して大階段を脇から降り、俺は人混みの中に溶け込む。

幸い、観衆たちは礼儀として一虎の演説に目と耳を傾けている（フリをしている）ので、俺が庭園に降りても騒ぎにはならなかった。まあ、どうせ元から顔もロクに覚えられていない第四皇子である。

そのまま怪しい男の元に向かうが――さすがに当の本人には勘付かれた。

こちらに気付くや否や、男は素早い身のこなしで人混みの隙間をすり抜け始める。周りを騒がせぬように大袈裟《おおげさ》すぎず、しかし逃走速度は十分に。夜を駆けるときの月天丸を彷《ほう》彿《ふつ》とさせるいい体捌《さば》きだった。

しかし甘い。

こちとら、こんな密集地で駆け比べをしようなどとは思っていない。最初から一撃必殺狙いだ。

その狙いどおり、俺が投げた石ころは見事に男の後頭部に命中し、標的の意識を刈り取った。昏倒《こんとう》した暗殺者がばたりと地に伏せる。

「へっへ、すんませんね。この野郎、ちょっと先走って飲みすぎちまって。すぐ引っ張っていきますんで勘弁してくだせえ」

貧民時代に培った下町訛《なま》りの言葉ですかさず周囲に言い訳。酔っ払いの暴走など祭りではよくある光景だ。一瞥《いちべつ》した者は数名いたが、誰も興味なさそうにまた目を逸《そ》らした。

懐にはやはり小型の弩が入っていた。射程と威力では火砲に劣るが、携行の利便と狙いの正確さという点で優位を持つ。暗殺にはうってつけの道具だ。その他にも、全身に暗器を仕込んでいる。

確実な黒と確認できたので、暗殺者を引っ張って庭園から連れ出そうとして――ふと足を止めた。

この暗殺者が見せた。月天丸を彷彿とさせる身のこなし。

そして昨晩閃きかけた逆転の秘策。

俺の頭の中でこんがらがっていた思考の糸が、突如として明瞭に結びついた。

警護兵への連行を中止し、俺は暗殺者を庭園隅の木陰へと引きずり込む。

「おい起きろ。おい」

「ん、んん……？」

平手打ちで起こす。暗殺者の風体はどこにでもいる地味な男のようだが、その瞳には薄暗い闇が濁っている。間違いなく堅気ではない。

男はこちらの顔を見ると、諦めたように瞑目《めいもく》した。

「貴様……第四皇子だな。なるほど、俺もここまでということか。任務に失敗した以上、覚悟はできている。殺せ」

「馬鹿言うな。貴重な人材をこんなところで殺せるか」

ん？　と唸って男は再び目を開いた。

「人材だと？」

「ああ。人並み外れた軽業ができる奴が、今ちょうど必要になったんだ。一仕事引き受けてくれないか？」

「仕事だと？　ふざけるな。俺はお前たち皇子を殺しに」

職務熱心なのはいいことだが、今はそんな建前に付き合っている余裕はない。俺は反論を塞ぐように男の顔面を掌《てのひら》で鷲摑《わしづか》みにし、最大限に威圧しながら言った。

「時間がないんだ、反論は許さん。いいか、今からお前には月天丸っぽい黒装束を着てもらって——」

くい、と俺は壇上の一虎を親指で示す。

「あいつの応援演説をしてもらう」

*

簡単な話だったのだ。

月天丸自身の登壇は皇帝が禁じた。応援演説とてもちろん許されないだろう。

だが『それっぽい感じの人』が登ることは別に禁止されなかった。まさに俺の優秀な頭脳だからこそ見破れた論理の盲点といえる。

「くれぐれも月天丸って名乗るなよ、違反になるからな。名乗りは『月の字』とかいう風にギリギリのところで誤魔化《ごまか》してくれ。んで、月天丸っぽい軽業で宙返りでもしながら一虎の横に登壇してくれ。そうなれば観客は盛り上がってもう一虎が当選確実だ」

「ちょっと待て。いったい何の話をしているんだこれは？」

「詳しく話している時間はない」

「なら掻《か》い摘《つま》んでも話せ。さもなくば殺せ」

貴重な人材を殺すのは本意でなかったので、俺はごく簡素な事情だけを説明した。『この演説において、なんとしても一虎の評判が上がるように図りたい』と。

暗殺者は眉根をつまんで顔を伏せた。

「そんなことに俺が付き合う道理はない。いいから殺せ。これ以上の恥辱を受けるつもりはない」

「そう言うなって。俺の頼みに従ってくれたら、暗殺対象の一虎のすぐ隣まで行けるんだぞ？　隙を見てあいつに一泡吹かせられる可能性は十分ある。こんなところで諦めていいのか？」

「なんだその異常な説得は。本当にそれでも兄弟か？　というか早く殺せ」

依然として強情な暗殺者に対し、俺はさらに譲歩の一手を打つ。

「分かったよ、さすがに即興で応援演説を練るのは難しいよな……。だったら、ただ一虎の近くに立っているだけでいい。月天丸が傍《かたわ》らに立っているってだけで、十分すぎるほど応援効果があるはずだ」

「俺の意思とまったく無関係な配慮をするな。さっさと殺せ」

しつこく粘る男の両肩に、俺はぐっと手を乗せる。

「グダグダ言うな。さっきから聞いてりゃ殺せ殺せと……お前には暗殺者としての矜持《きょうじ》がないのか？　一虎を殺《や》れる絶好の機会なんだぞ？　ここで挑まなきゃ男がすたるぞ」

「待て。俺の依頼主が誰だったか混乱してきた……お前ではなかったと思うが」

「そんなの誰でもいいから、さっさと準備するぞ。まず黒装束に着替えてもらう」

「……まるで理解できんが、本当にいいんだな？　遠慮はせんぞ？」

「存分にやってくれ」

根気強い説得が功を奏し、ついに暗殺者と合意が結ばれた。

一虎が予想どおりの引き伸ばし演説を続ける中で、俺は暗殺者とともに密《ひそ》かに宮廷へと侵入し、夜間密偵用の黒装束を兵装棚から確保した。

「暗殺用の武器も好きなのを持って行っていいぞ。観衆にバレそうな派手なのは駄目だけど、目立たないやつなら自由に持って行ってくれ」

「いらん。手持ちので十分だ」

感謝の意を込めて申し出たが、暗殺者は断った。こういう遠慮がちなところは本物の月天丸に通じるところがある。我ながらいい人選だった。

その場ですぐに着替えさせ、再び一虎の立つ演台へと踵《きびす》を返す。

「いい情報を教えてやる。俺たち皇子は祭りの雰囲気を破壊するようなことはできないから、一虎はお前に反撃できない。一方的に攻撃し放題だ」

「頼むからもう何も言わないでくれ。これ以上俺を混乱させるな」

どこか捨て鉢になったように走る速度を上げる暗殺者。俺も負けじとそれに追随する。

そしてついに、頼もしすぎる切り札とともに大階段へと舞い戻った。

「あら四玄、ずいぶん長い厠《かわや》だったわね――って、待ちなさい。隣のそいつは」

「紹介しよう。こいつは『月の字』だ。どうしても一虎の応援がしたくてやって来たらしい」

二朱にはその一言ですべてが通じた。三龍もおおよそは察したようである。

「なるほど、四玄。あんたもなかなかいいこと考えるじゃない……」

「ええ、まったく妙案ですね。月の字殿。あなたがどこの誰か僕には見当も付きませんが、ぜひ兄上の応援をよろしくお願いしますよ」

すっ、と二人が掌で一虎の方向を示す。『行け』という合図だ。

暗殺者はしばしの逡巡《しゅんじゅん》を見せて立ち止まっていたが、やがて何度も一人で頷《うなず》いて一虎の方へと勇み歩き始めた。

「いやあ、あんたにしちゃ上等じゃない四玄。お手柄よお手柄」

「はは、褒めないでくれ姉上」

「まったくです。兄上の狼狽《ろうばい》する顔が目に浮かびますよ……」

一虎を除く三人で和やかな雰囲気を作る中、ついにそのときは訪れた。

意を決したように地を蹴った暗殺者――改め、偽・月天丸が宙で一回転しながら一虎に向かって飛び掛かったのだ。

その握った拳の指の間には、一刺しが致命傷となる毒針が何本も握られている。

一虎の顔が驚愕《きょうがく》に歪《ゆが》んだ。無双の武勇を誇る彼とて、こんな事態は予想もしなかったのだろう。

演説中に、隣に月天丸っぽい黒装束が登場するなど。

「てめえらっ！　図りやがったな！」

一虎の短慮が出た。ともすれば場を乱しかねない発言を放ちながら、狼狽とともにこちらを振り返ったのだ。もちろん俺たちは知らぬ存ぜぬという表情で通す。

一方、静まり返っていた庭園の観衆たちは一気に沸き上がった。

皇子の登壇と聞いて少しは期待していた者もいたのかもしれない。そこに、月天丸の代名詞ともいうべき黒装束を纏《まと》った男の登場である。おまけに、本物さながらの軽業まで披露。

これで騙《だま》されない者はいない。

「月天丸だ！」「本物⁉」「やっぱり皇子なのか！」「すごいすごい！」「一虎殿下と親しいのか？」

そういった声が歓喜とともに次々とあちこちから上がる。この反応で俺はもう勝利を確信した。

そして何より、暗殺者が毒針を得物として選んでくれたのが図らずも吉と出た。

毒針を完璧に指で挟み止めている一虎だったが、その様は遠目に見ればお、互いが手を、差し出しあって握手をしているように映るのだった。

「畜生が！」

すぐに毒針を奪い取った一虎だったが、既に衆目の決定的な瞬間は晒《さら》された。もはやここからの逆転は不可能である。

「終わりだ、終わり！　オレの演説はここまで！」

投げやりに叫んで一虎が壇から離れる。俺たち三人はもはや互いに手でも打ち合わせんとする勢いだったが、そこで一虎が思わぬ行動に出た。

茫然《ぼうぜん》自失で佇《たたず》む偽・月天丸（暗殺者）に近寄って、何事かを耳打ちしながら——毒針をすべて返却したのだ。

そして次に登壇する二朱を見て、陰湿な笑みを見せた。

「へえ、あたしにも回そうってわけ……あの馬鹿白髪。よくも舐《な》めた真似《まね》を……」

観客は未《いま》だ偽・月天丸に向けて大歓声を上げている。当の本人は毒針を握り直してただ俯《うつむ》いているだけだが、とにかく月天丸が姿を現したというだけで安都の民たちにとっては一大事なのだろう。偽物だが。

その熱狂の間隙を突くようにして、二朱が堂々と歩み出た。

暗殺者もすかさず針を刺しに——いけなかった。

行こうとはしたのだ。だが、壇に向かう二朱がすれ違いざまに彼の肩と手首を手刀で二連し、関節を外したからである。

独特の捻《ひね》りを効かせた脱臼術は二朱の得意技であり、本人以外では容易に嵌《は》め直すこともできない。

「はい皆さま。それじゃ手短にあたしも演説するわね」

取り落とした針を拾うどころか、腕を上げることもできなくなった暗殺者は、二朱が適当な演説をする隣で人形のごとく立ち尽くすしかなかった。

しかしこれほど哀れな状況でありながら、一向に観衆の熱は衰えなかった。むしろ登場したときよりも月天丸の名を叫ぶ声が大きくなってきているくらいかもしれない。

二朱もこれには不満げだった。これほど人気の月天丸を隣に立たせて演説するのは、やはりいい気分がしなかったのだろう。

そのためか。

彼女もまた演説を終える際に、暗殺者の関節を嵌め直して毒針を握り直させてやっていた。そして明らかに『次の三龍を狙え』と耳打ちしている。

だが、こうなってはもはや堂々巡りである。

兄弟でもっとも回避に長《た》けた三龍が毒針など食らう道理もなく、登壇した彼もまたのらりくらりと最小限の動きで攻撃を回避し続けた。

これまた適当な演説を終えて、三龍も壇を降りる。彼もまた暗殺者に『四玄を狙ってください』と耳打ちしていたようだが、もはやそれを憂慮することはなかった。

微笑《ほほえ》みを浮かべながら壇上へ歩み出した俺は、小声で暗殺者に語り掛ける。

「分かってるよな？」

「ああ……お前には敵《かな》わないともう分かっている。これ以上、生き恥を晒したくはない」

「ご苦労だった。家に帰って休め。そして全部忘れろ」

深く項垂《うなだ》れてから、偽・月天丸はその場から駆け出した。そして軽業を発揮して庭園の塀を飛び越え、誰に咎《とが》められることもなく去っていく。

その背中を見送りながら、観衆たちは「ああ」とか「行ってしまった」といった残念そうな声を漏らしている。期待の月天丸がただの棒立ちだけで終わり、完全に興醒《きょうざ》めしたという雰囲気である。

――勝った。

俺はこの時点でそう確信した。

兄弟の中で唯一月天丸の立合がなく、そしてこの白けた雰囲気の中で演説する。これ以上に完璧な構図は存在しえない。

そのとき。

演台に向かう俺の背中を、トントンとつつく指があった。

振り向いた先にいたのは――本物の月天丸だった。

「な……?」

月天丸はにこやかに笑っていた。

だが、明らかに微笑《ほほえ》まれるべき状況でないのはさすがの俺も分かった。明らかに裏のある笑顔である。

「な、何しにきたんだ……？　お前は登壇禁止だろ？」

「そうか？　偽物をさも本物のように扱うなどというトンデモが認められるなら、私がここにいることなど何の問題もないと思うぞ？」

はっとして兄弟たちの方を向くと、全員が「ざまあみろ」という顔で佇んでいた。どうやら俺だけが利を得ることを、あの屑《くず》な兄弟たちは良しとしなかったらしい。

怒れる月天丸が登壇できるように手引きしたのは、間違いなくあいつらの仕業だ。

「お前……この場で正体を明かすつもりか？」

「まさかそんな。私はただ心からお前のことを応援に来ただけだぞ。そう怯《おび》えるな」

よく見たら目は笑っていない。

俺が大量の冷や汗を流しながら月天丸の意図を推し量っているうちに、彼女は勝手にずけずけと演台に上がっていく。

そして、ごく普通の町娘という感じに、声を張って叫んだ。

「えー！　みなさーん！　実はわたし、人攫《ひとさら》いに遭ったところを第四皇子の四玄様に助けられたことがありまーす！」

俺は一気に詰め寄って月天丸の口を手で塞いだ。

「やめろ！　歪めた事実を喧伝《けんでん》するな！　あれはただの家庭内の自作自演だ――いでっ！」

が、口止めの手は嚙《か》まれて振り払われる。

「照れ隠しで否定してますけど事実ですからねー！　みなさーん！　四玄様はやるときはやる方ですから、ぜひご周知のほどよろしくお願いしまーす！」

「俺が悪かった！　悪かったからもうやめてくれ頼む！」

ほとんど土下座に近いくらい身を低くした俺を見て、「ぷっ」と嘲るように月天丸が笑った。

「相変わらず阿呆《あほう》だな貴様。こんなもの、むしろ乗っかって自慢した方が『仕込みの役者臭い』と思われて嘘《うそ》っぽくなるだろうに。必死こいて否定したものだから、かえって本当の照れ隠しっぽく思われているぞ」

焦って庭園の観衆を見下ろす。

さきほどの偽・月天丸が登場したときほどの熱狂はない。だが、『人攫いから娘を助けた』という話を信じ始めている者もいるようで、まばらな拍手も多少聞こえてきた。

いや、よくよく耳を澄ませると拍手の一番大きい発生源は――

「お前ら！」

大階段の奥まったところで控えている兄姉《きょうだい》たちだった。それぞれが豪腕を活《い》かした凄《すさ》まじい音量で、観衆の拍手を誘うように手を叩《たた》きまくっている。まるで愉快なものを見物している猿のようだ。

まずい。棒立ちのまま観衆の期待外れに終わった偽・月天丸の応援もどきよりも、もしかすると今の状況の方が分かりやすく好意的に捉えられてしまうかもしれない。

考えろ、この状況の打開策を。一発逆転の方策——など、もはやあるわけもない。

そこで脳内で何かが弾《はじ》け、俺は下手な思考の無為を悟った。

ふらりと演台に立った俺は、ごく短い演説を放つ。

「俺の優れているところは、兄弟の中でもっとも強いというところです。今からそこにいる奴《やつ》らを全員ぶちのめして、それを証明します」

俺は拳を握って、拍手を続ける兄弟たちの中に特攻を仕掛けた。策に溺れて負けたなら、せめて物理でやり返す。目に物を見せてくれる。

一虎たちがこちらに対応して構えたのと同時に、宮廷の方から祭りの開催を告げる銅鑼《どら》が鳴り響く。

一瞬だけ展望台に視線をやると、皇帝が『馬鹿どもめ』という顔で銅鑼のそばに佇んでいるのが見えた。

そうして俺たちの乱闘は、祭り騒ぎの小さな徒花《あだばな》となって埋もれていった。

――ちなみに最終的な勝者は「いい加減にしろ！」と乱入してきた皇帝だった。

＊

四兄弟が殴り合い、それを皇帝が収めていたちょうどその頃。乱闘と祭りの騒ぎに乗じて宮廷から抜け出した月天丸は、路地裏で座り込む一人の男の前に立っていた。

偽・月天丸を演じていた名もなき暗殺者である。

砂埃《すなぼこり》が吹き抜ける中で、彼はただ俯いて自らの足を抱えている。

「おい。どこの誰だか知らんが、あの阿呆どもとは二度と関わらん方がいいぞ。それだけ言いにきた」

声をかけられて鈍い仕草で視線を上げた男だったが、月天丸の目をしばし見据え、やがてまた俯いた。

「そうさせてもらう。田舎で畑でも耕すことにするよ……貴様はどうする気だ。本物」

月天丸は眉根に皺《しわ》を寄せ、それからほんの少しだけ笑みを作った。

「まあ、どうだろうな。隙があれば逃げようとは思うが――私はもう、引き際を見誤ってしまったのかもしれん」

第三章　皇位簒奪者編

episode.3

　そもそも勝ち目などなかったのだ。

　長所の一つもロクにない兄姉たちに比べ、俺はあまりにも優れすぎている。どんな小細工を弄したところで、衆目の前に姿を現した時点で圧倒的な支持を得てしまうのは当然のことだった。

　平穏無事にあの演説を切り抜けようとするなら、宮廷に火でも放って武神祭そのものを中止に追い込むくらいの過激な手は打たねばならなかった。

　武神祭から一夜明けた今、俺は敗北に打ちひしがれながら藁敷《わらじ》きの床間に臥《ふ》せっていた。

「で、貴様。しっかり反省はしたのか？」

「ああ、これ以上なく反省した。今回の敗因は、己の魅力を過小評価した俺の失策だ。次からはもっと入念に策を検討して――」

「違う、そんなことはどうでもいい。私の名を勝手に使ったことに対する反省をしたのか聞いているのだ」

　目を開けて布団から上体を起こすと、傍《かたわ》らの土間で仁王立ちしている月天丸《げってんまる》の姿が目に入ってくる。気配と足音で来訪は察知していたが、こうも不機嫌そうな顔をしているのは想定外だった。

「待ってくれ月天丸。確かに偽月天丸の件については俺が悪かったが、あの後お前はしっかり報復してきただろう。むしろ痛手は俺の方が大きいくらいだ。ここは痛み分けと考えて、お互いに許し合うべきじゃないのか？」

「よくそこまでの開き直りができるな。一周回って感心するぞ」

呆《あき》れるように長く息を吐いた月天丸は、そのまま拗《す》ねたように土間の床に胡坐《あぐら》で座り込んだ。

「まあいい。あまり神妙な態度を取られても気味が悪いしな。あれで手打ちにしてやるとしよう。それよりもっと重要な話もあるしな」

「重要な話？」

「ああ。貴様らの暗殺未遂事件についてだ」

月天丸が声を重くして深刻な調子で言った。しかし俺は即座に思い出せず、頭を掻《か》きながら記憶を辿《たど》る。

「暗殺未遂……？　そんなのあったか……？」

「あっただろうが。あの偽月天丸は貴様らを狙った暗殺者だったのだろう？」

「あ。そういえばそうか」

まったく窮地らしい窮地には陥らなかった上に、あのときは演説の足の引っ張り合いに夢中だったから、さしたる事件性を感じていなかった。

しかしそうだった。冷静に考えたら、わりと一大事ではあったのだ。

「そうだよな……凶器を持った暗殺者が演説中の皇子の真横にまで接近したんだからな。あまつさえ武器を突きつける段階まで行ったんだから、かなりの大問題ではあったのかもしれんな……」

「その立ち位置まで誘導したのは他ならぬ貴様だということをしっかり覚えておけよ」

だが、結果的には大した惨事にはならなかった。俺も兄姉たちも、あの程度の刺客にどうこうされるほどヤワではない。

「まあ、そんなに気にするな。元々そういう輩《やから》が侵入してくる懸念込みで開催してる祭りなんだ。それを跳ねのけてこそ皇族に武神の加護あり――ってな。どうせ親父《おやじ》も今までに何十人か撃退してると思うぞ」

この国は決して太平の世を謳歌《おうか》しているわけではない。都の周辺はおおむね平和で繁栄しているが、国境では周辺の異民族としばしば衝突が起こっているし、地方では塩賊をはじめとした不穏分子も動いていたりする。

そういう状況でも強大な国としてまとまっているのは、現皇帝の圧倒的な求心力があってこそだ。

逆にいえば皇帝さえ消してしまえば、国を大幅に弱らせることが可能ということでもある。それゆえ賊どもが刺客を放ってくるというのは、至極当然の作戦といえる。後継者候補である俺たち兄弟が狙われるのも何ら不思議ではない。

「それに祭りが終わったから、しばらくは人前に出るような機会もないしな。あんなのは稀《まれ》だ稀」

そう告げて再び二度寝に入ろうとする俺。

しかし、そこで月天丸が放った言葉は俺の意表を突くものだった。

「そう呑気《のんき》にしている場合ではないと思うぞ。実はあの暗殺者を追いかけて詳しく話を聞いてみたのだがな、『依頼主は宮廷内部の者の可能性がある』と言っていた」

「何？」

たまらず俺は布団を払って月天丸に向きなおった。こちらの視線に応じる月天丸は、義賊らしい正義感に満ちた目をしている。

「依頼主と直接話したわけではないそうだが、いくつかそう判断できる要素があったそうだ。暗殺を依頼してきた者は、顔を隠してゴロツキを装っていたそうだが――その振舞いが明らかに正規の兵士のそれであったと」

「ああ、あれは癖に出るからな」

入営した兵士は、武術の基本として歩法から呼吸の所作までを徹底して教え込まれる。観察眼に優れた者ならば、日常の所作からそうした鍛錬の欠片《かけら》を見出《みいだ》すことで、対象が兵士か否かを見極めることができる。

「その兵士にしても、『誰かの使者として来ている』という雰囲気が強かったそうだ。もしかすると兵士を統率できる立場にある者の中に、皇族を廃して権力の奪取を狙おうとしている輩がいるのかもしれん」

そう言いながら、月天丸は説教するかのようにびしりと指を向けてくる。

「つまり、敵は外ばかりにいるとは限らんということだ。己《おの》が身を案じるならば、普段のように阿呆《あほう》ばかりをしているのではなく、もう少し皇子の自覚を持って身分相応の生き様を心がけてだな」

「なんでそこまで大事な話をもっと早く言ってくれなかったんだ⁉」

叫んだ俺が寝床から跳び上がると、月天丸は機敏な動きで後ずさった。

「い、いきなり大声を出して驚かせるな。しかし、さすがの貴様も少しは驚いたか。身内に背中を狙われるのはいい気はするまい。これをいい薬と思ってだな」

「ああ、本当に驚いた。まさか宮中にそこまでの理解者がいたなんてな……」

「……は？」

俺は思わず頬《ほお》を綻ばせながら、うんうんと何度も頷《うなず》く。

「理解者？　貴様、何のことを言っているのだ？」

「そりゃあ、その依頼主のことだよ。権力簒奪《さんだつ》を目指してるってことは、つまり俺たちを皇帝にさせたくないんだろ？　というかそいつ自身が次の皇帝になってもいいって考えてるんだろ？　なかなか気骨のある奴《やつ》じゃないか。宮中は敵だらけかと思ってたけど、まさか身近に隠れ同志がいたなんてな……感動ものだ」

「正気か貴様？　暗殺の依頼主こそ敵だろうが。何が隠れ同志だ」

穏やかな笑みを浮かべた俺は、月天丸の前に立ってその両肩に手を置く。

「いいか月天丸。その依頼主と俺たちは、ただ単に少しやり方の面で食い違っているだけだ。『継承反対』っていう目的では完全に一致している。よく話し合って継承回避の方法さえ協議すれば、志を同じくする仲間になることができるはずだ」

「目を覚ませ。殺そうとしてきた相手だぞ？」

「ほんの少しの悲しいすれ違いがあっただけだ。まだ和解の道はある」

「なぜこういうときだけ無駄に器の大きそうな発言をするのだ貴様は」

実際に器が大きいのだから仕方ない。

その器の大きさを巧妙に隠して継承を回避するためには、そのような貴重な理解者を味方にしない手はない。

「最高の情報だった。ありがとう月天丸。武神祭の一件でもうダメかと思ってたが、これでまた希望の光が見えてきたぞ……！」

意気込んで目を輝かせる俺だったが、なぜか月天丸は疲れ切ったような表情になった。

＊

「なるほどね……。それで、あたしたちにも声をかけてきたってわけ？」

場所は変わって宮中の軍議室。

分厚い壁と扉に守られ、どんな物音をも漏らさないこの部屋で、俺たち五人の兄妹《きょうだい》は円卓に顔を突き合わせていた。極秘の密談をするために。

「今回の暗殺の首謀者——まだ見ぬ同志の信頼を得るためには、俺一人だけが協力の意を示しても効果が薄い。一人だけ命乞いをしているように見えてしまうからな。そんな卑劣な人間は信用されようがない」

「なら四人全員で頭下げに行きゃいいって話だな、おう」

「人として当然の礼儀ですね」

月天丸がもたらした『同志』の存在を伝えたところ、一虎《イーフ》・二朱《リヤウシヤ》・三龍《サウラン》の兄姉《きようだい》たちは軒並み俺と同じく好意的な反応を示した。いつもは反目し合っている腐れ兄姉たちだが、やはりいざというときの判断力は評価できる。

「こうして兄弟揃《そろ》って協力できるのもお前のおかげだ、月天丸」

「そうかそれはよかったな」

しかし、この計画のきっかけを作ってくれた月天丸は、終始不機嫌そうな顔で円卓に突っ伏すばかりである。大事な兄弟会議なので強引に連れてきたが、抱えてこなければ途中で帰ろうとするほどだった。

「なんで機嫌が悪いのかはよく分からんが、そういう他人事《ひとごと》みたいな態度はよくないと思うぞ」

「一から十まで他人事以外の何物でもないわ」

ぷいと月天丸はそっぽを向く。

まったく困ったものである。まだまだ皇子としての自覚が足りないようだが、末っ子とはいつの世もこんなものかもしれない。

未熟な妹の稚気を笑って許し、俺は二朱に向く。

「それでどうだ姉上。姉上ならば誰が今回の暗殺を仕組んだか、心当たりがあるんじゃないのか？」

「そうね……実のところ、宮中にそういう勢力がいることは知っていたわ。というか、いないと考える方が無理があるくらいね。宮廷なんていう権力の中枢は、野心と欲望の渦巻く伏魔殿よ。皇帝やあたしたちの足元をひっくり返そうと企《たくら》んでるお偉いさんなんて、片手の指じゃ足りないくらいいるでしょうね」

「そんなに大勢の同志がいるのか、頼もしいな……」

まだ見ぬ未来の仲間たちの存在を想《おも》い、俺の胸にぐっと熱いものがこみ上げる。

「だけど、多すぎるのもそれはそれで問題なのよ。容疑者が絞りにくくなるからね。今回の暗殺未遂にしても、首謀者が誰かっていうのはちょっと特定しかねるわ」

そう言いながら二朱はわざとらしく肩をすくめてみせる。彼女の頭脳をもってしてもお手上げということか。

それを聞き、じれったそうに一虎が唸《うな》る。

「どこの誰だか分からねえなら挨拶に行きようもねえな。こうなりゃ態度で『オレたちは反乱の味方だ』って犯人に示すか。お偉いさんが集まる宮中行事とかのときに、ここにいる五人がかりで一斉に皇帝を殺しにかかるとかよ……」

「言葉よりも態度で示す作戦ですか。一理ある手法ですね」

「おい待て。五人がかりというのはどういうことだ」

三龍が頷いたところで、狼狽《ろうばい》した様子の月天丸が立ち上がって卓から後ずさった。

兄妹入りして日が浅い月天丸は、兄たちのこの馬鹿っぷりにまだ慣れていないようだ。

「落ち着け月天丸。これはよくある一虎の短絡的発想だ。『この前の武神祭のときに四対一でも皇帝に負けたから、次に挑むなら最低五人は必要だな』っていう単純な足し算だ。まったく愚かな発想だよな。あのクソ親父に挑むなら、お前が一人増えたところで戦力的には全然足りないっていうのに……」

「誰が戦力分析の話をした。勝手に反乱行為の頭数に入れるなと言っているのだ」

まったくである。月天丸を頭数に入れるのは、もう少し強くなってからでないと。

返り討ちが目に見えているので、この一虎の案は却下になった。

妙案の出ぬもどかしさに、俺の足は自然と貧乏ゆすりを始めてしまう。

「くそ、目指す目標は一緒なのに、相手が誰かも分からないなんてな……。こっちの熱意さえ通じたら、向こうから『一緒に頑張りましょう!』って勧誘が来てもおかしくないってのに」

「文句を言っても仕方がないでしょ。一発で特定する案がない以上、こうなったら怪しい奴を総当たりで調べるしかないわ」

二朱がぱちんと手を叩《たた》いて発言すると、一虎が首を傾《かし》げた。

「総当たり？　一人一人取っ捕まえて拷問でもするのか？」

「そんな安易な手は取らないわよ。もし無実の奴を拷問したら禍根を残すでしょ。そんなことより効果的な炙《あぶ》り出《だ》しの手があるわ」

懐から扇子を取り出した二朱は、それを小刀に見立てて己の首を刎《は》ねてみせるような素振りをする。

「あたしたちの暗殺を企てた奴なら、当然あたしたちが死ねば喜ぶはずでしょう？　だからこの中の誰かが危篤に陥ったっていうことにして、見舞いに来る怪しい奴らの反応を窺《うかが》ってみればいいのよ」

なるほど、と俺は頷いた。

皇子の死といえば本来は国にとって悲劇であるが、権力の簒奪を狙う暗殺の首謀者からしてみれば、願ってもいない幸運としかいえまい。

皇子が危篤の身となれば、どこかで喜色を浮かべてしまうこともあろう。その気の緩みを察知できれば、犯人を特定できるかもしれない。

そうとなれば、まず第一に――

「で、貴様らのうち誰がどんな理由で危篤になるというのだ？」

俺よりも先に月天丸が尋ね、全員が沈黙のままに俯《うつむ》いた。

そう、この作戦における最大の問題は――誰一人としてそもそも死にそうにないということである。

俺たち兄弟は、それぞれが常人離れした屈強な肉体と圧倒的な戦闘力を備えている。

それがいきなり「危篤」と言われても信じられないのが普通というもので、信憑性《しんぴょうせい》を出すためには相応の理由付けが必要となってくる。

「単刀直入に聞くけど、あんたたち死にかけたことはある？」

二朱の問いに対し、一虎と三龍が椅子にもたれながら天井を仰ぐ。

「酔っぱらって真冬の大河に飛び込んで、海まで流されちまったことならあったな……」

「十人連続で女官からフラれたときは、衝動的に崖から飛び降りてしまいましたが……」

「なんで貴様ら普通に生きているのだ？」

兄たちのしぶとさだけは超一流である。そこだけは素直に褒めていい。

問いかける立場の二朱も似たようなものだ。幼いころ、小遣い欲しさで人攫《ひとさら》いにわざとついていった前科があると聞く。普通に帰ってきたそうだが。

「四玄《スガン》。あんたは？」

「俺はこの前皇帝にボコボコにされたときくらいだな」

「じゃあ月天丸は？」

「なぜ私にも聞く。お前らと違って危ない目に遭えば順当に死ぬからな私は」

実際、阿片《あへん》密売人の館でも窮地に陥っていた。兄妹で一番ひ弱なことは事実だが、かといって彼女に危篤の仮病をさせるわけにはいかない。月天丸は公にはまだ皇子の公認に応じず、在野ということになっているからだ。

「ということだそうよ、四玄。その子がちゃんと頑丈になるよう、暇があったら稽古でも付けてやりなさい」

「ん？　そういう話だったのか？」

「まあ話の寄り道よ。で、本題は『誰がどう危篤になるか』だったわね」

卓上で手を組んだ二朱は、じろりと全員の顔を見回した。

「細かい設定を考えるのも面倒だから兄弟喧嘩《げんか》ってことにしましょうか。殴られた打ち所が悪くて意識不明とか。この間も武神祭で殴り合ったばっかりだし、信憑性はあるでしょ」

「別にいいけどよ、それなら誰が負けたことにするんだ？」

そこで声を尖《とが》らせたのは一虎だった。危篤になるほどの深手を負うということは、他の兄弟より力が劣っていたということになる。武人としては耐え難い屈辱である。

無論、継承回避のためにはいかなる恥を晒《さら》すことも厭《いと》わない所存だが、他に押し付けられるなら押し付けたい役回りではある。

「公正にくじ引きで決めましょう。あ、でも私は引かないからね。あんたら馬鹿三人組だけで引いてちょうだい」

「姉上、さすがにそれは卑怯《ひきょう》なのではありませんか？」

「だって、あたしが意識不明のフリなんてしてたら、見舞いに来る怪しい連中の表情をどう窺えっていうのよ？　あんたらにはそんな器用な真似《まね》はできないでしょ？」

押し黙る男三人衆。

確かに、腹芸に長《た》けた高官連中なら内心も巧妙に隠してくるだろう。それを見破れるのは二朱くらいだ。

三龍が困ったように肩をすくめ、やがて静かに言う。

「では実際に戦い合って決めましょう。最も早く地に膝をついた者が危篤役というのはどうですか？」

「騙《だま》されないからな龍兄。そういう持久戦になったら、一番有利なのはあんただろう。俺と虎兄が潰し合うのを待つ目算なんだろうが、そうなったらこっちは二人で組んで最初にあんたを潰す」

三龍の卑劣な戦いぶりは熟知している。そんな策に惑わされる俺ではない。

――だが。

「はっ！　いいぜ乗ってやるよ！　今すぐここでてめえら二人ぶちのめして、なんなら本気で危篤にしてやらぁ！」

長兄は相変わらず悲しいほどに馬鹿だった。

軍議室の椅子を振り上げ、今にも周りすべてを鏖殺《おうさつ》せんという大暴れを始めようとしている。

殺《や》らなければ殺られる。

俺と三龍が立ち上がって、一虎に対して防御の構えを取ったとき、

「はい馬鹿どもそこまで」

二朱の手元からするどく何かが（三つ）放たれ、俺たち三人は反射的にそれを摑《つか》み取《と》った（一虎は口に咥《くわ》えた）。手に取ってよく見れば、髪を飾る簪《かんざし》である。ただし造りは鋼鉄製で、二朱が懐に持ち歩いて投擲《とうてき》武器を兼ねているものだ。

「先っぽが赤く塗られてる箸がハズレの危篤役よ。こんなところでいちいち無駄な時間を使うんじゃないわよ」

そして俺の手元にある箸の先端は、赤かった。

「待て姉上！　せめて自分で引いたくじなら納得もできるが、こんな一方的に投げ渡されたのでは納得が――」

「隙ありぃっ！」

反論に二朱を振り返った俺の背中に、一虎と三龍が不意打ちで飛び掛かってきた。防御もできず床に押し倒された俺は、二人がかりで完全に動きを封じられる。

「はい、くじでも戦いでもあんたの負けね。末弟の責務と思って諦めなさい」

「くそ！　卑怯だぞ！　助けてくれ月天丸！」

この場で唯一、中立の存在である月天丸に救援を求める。しかし彼女は「早く終わらんかな」といった顔でただ卓に頬杖《ほおづえ》をついている。こちらに目もくれない。

なんということだ。仮にも義賊ともあろう者が、困り果てた人間からの助けをここまで無情に見捨てるとは。兄たちが放つ屑《くず》の波動が、既に月天丸の高潔な精神をも侵食しつつあるというのか。

「じゃ、侍医のところに連れていきましょうか。もし演技だってバレたら容疑者の炙り出し作戦が台無しになるんだから、気を付けなさいよ四玄」

　この窮地の孤立無援を悟った俺は――歯をくいしばり、やむなく目を閉じた。

＊

　意識不明のフリをしつつ、一虎と三龍に両脇を固められて連行された先は、宮廷の医務室である。俺が転がされた豪華な寝台は皇族専用のものだが、ここ数年以上誰も使っていないため、手入れされておらずどこか埃臭《ほこりくさ》い。

「四玄殿が目を覚まさない？」

　薄目を開けると、侍医と兄姉《きょうだい》たちが俺の病状について話し合っていた。

「ええ、そうなのよ。いつもの笑える阿呆面《あほうづら》が死人みたいになっちゃって……」

「オレのゲンコツ一発で雑魚みてえに簡単にのびちまってよ……」

「馬鹿の病をこじらせただけならよいのですが……」

　勝手極まる発言が耳に入ってくる。人が反論できないのをいいことに言いたい放題言ってくれる。今は甘んじて耐えるが、後で改めてこのケジメは付けたい。

　ちなみに、この医務室に月天丸は来ていない。

侍医に素性を問いただされても厄介だし、何より本人が「もう帰らせろ」と言い張って聞かなかったのだ。何か用事でもあったのだろうか。

「それじゃあ少し看《み》させていただきますよ」

そう言って侍医が寝台に近づいてくる。目を閉じて気絶中のフリに戻った俺は、全身を脱力して診察を受ける。主に殴られた（という設定になっている）頭部を侍医が確認している気配があった。

「ふぅむ。特に目立つ外傷や打撲の跡はないようですが……髪の毛が邪魔で見えづらいですな。剃《そ》ってもよろしいでしょうか？」

「ええそれはもうぜひお願いしますわ。可愛《かわい》い弟の命がかかっていますもの」

「オレからも頼むぜ先生。心ゆくまでツルツルにしてやってくれ」

「神聖な医療行為ですからね。僕らには止めようもありません」

たまらず俺は目を開いた。気絶のフリだけでも譲歩の極致だというのに、挙句の果てに丸坊主というのは我慢できない。

しかし、俺が抗議に身を起こす前に、兄姉たち三人が飛び掛かって押さえ込んできた。口も手で塞がれてしまう。

しかも侍医は戸棚から剃刀《かみそり》を探していて、こちらに背中を向けている。

「観念しなさい四玄。同志を探すためよ、坊主くらい我慢しなさい」

　ふざけるな、と思う。

　確かに犠牲なくして成果は得られないともいう。しかし、犠牲を払うのが俺一人というのが納得いかない。全員揃《そろ》って丸坊主ならまだ耐えようもある。しかし俺一人が負担を背負って、他の兄姉たちが何も損をしないというのは正義に反する。

　俺は右腕に渾身《こんしん》の力を込め、押さえを振り払って一虎の髪を摑んだ。

　こちらの毛を剃るというなら、この場で反撃として全員の髪を毟《むし》り尽くす。一蓮托生《いちれんたくしょう》、もとい死なばもろとものの構えである。

「てめえ、上等じゃねえか……！」

　一虎も獰猛《どうもう》に唸《うな》る。毟るか毟られるかの闘争が始まろうとしたとき――

「おお、あったあった。じゃあ剃るかね」

　侍医が剃刀を見つけてこちらを振り返った。同時、三人が一斉に素早い連携を取り、俺を寝台に叩《たた》き伏せた。素早く手ぬぐいで猿轡《さるぐつわ》まで嚙《か》まされてしまう。

「ありゃ？　なんだか四玄殿、暴れてはいませんかな？」

「痙攣《けいれん》のようです。我々で押さえ込みますのでご心配なく」

　三龍がしれっと誤魔化《ごまか》した。

それならば、と俺は轡の下から抗議を叫ぶ。轡のせいで明確な言葉にはならないが「むー！」「もー！」という呻《うめ》きだけで、何かを叫んでいるというのは伝わるはずだ。

「叫んでいるようですが？」

「酷《ひど》くうなされているようね。危険な症状だわ」

二朱がまたしても妨害してくる。

本当にこいつらは当初の目的のために行動しているのだろうか。俺を玩具《おもちゃ》にしたいだけではないのか。

「ふむ。しかし、なんだかこうして見ると非常に元気なように見えますな。あのしぶとい四玄殿がこの程度でどうにかなる方とも思えませんし……もう少し様子を見てはいかがでしょうか？」

俺は（痙攣ということになっているが）しきりに頷《うなず》く。

兄たちの軽い舌打ちが聞こえたが、さすがにこれ以上悪ふざけで剃髪《ていはつ》を強行するつもりはなさそうだった。あまり調子に乗って仮病だと見破られては、そもそもの偽装死作戦が台無しになってしまう。

「ありがとうございます。じゃあ、あたしたちはここで看病してていいかしら？」

「ああいいですとも」

「それじゃあ先生。悪いのですけど、少し薬の手配を――」

グダグダではあるが意識不明という体面を取ることは成功し、二朱は計画どおりに段取りを進めていく。

まず、侍医や宮中の小間使いに命じて、薬や湯や手ぬぐいといった看病道具を大量に準備させる。

もちろん本当に道具が必要なわけではない。

できるだけ大きく騒げば、自然と「第四皇子が意識不明」という情報が宮中に出回ることになる。それが本当の目的だ。

そうすれば――話を聞きつけた件《くだん》の暗殺首謀者が、死にそうか否か「見舞い」で確認に来るはずであり、その際の表情の機微を見極めるという腹積もりだ。

皇帝がやってくればチャチな演技など一目で見破られるだろうが、その心配はいらない。今日の予定では、今ごろ皇帝は街はずれの練兵場に兵士たちの激励に赴いている。どんなに早く伝令が行っても、しばらくは戻るまい。

意識不明のフリを続け、餌に獲物がかかるのを待つこと十数分。

さっそく最初の見舞いが来た。額に汗を浮かべてドタドタと走ってきたのは、宮中行事を取り仕切る儀礼官の長である。二朱も「かなり怪しい一人」だと言っていた。

入室するなり、儀礼官長は兄弟たちの前に跪《ひざまず》く。

「……大事と聞きまして駆けつけました。四玄殿の容体はどのようでしょうか？」

「分からないわ。今夜が山になるかも……」

深刻ぶって返すのは二朱である。一虎と三龍はもう明らかに笑いを堪《こら》えているのが薄目ごしにも見える。笑い声を出したら計画が台無しになりそうなので退場させて欲しい。

「見舞いに来てくれたのは嬉《うれ》しいけど、今は騒がしくしたくないわ。帰って頂戴」

「は。申し訳ありませんでした」

ほんの数度だけ言葉を交わし、二朱は儀礼官長を下がらせた。彼が通路の向こうまで完全に去ったのを見届けてから、声を落として印象を報告してくる。

「かなり怪しいわね。内心かなり喜んでそうだったわよ、あれは」

同志候補筆頭というわけか。なるほど、これは最初から大当たりを引いたかもしれない。

しかし次の来客で、早くも旗向きが変わった。

「このたびは一大事と聞き、参らせていただきました……」

こちらも有力候補。法務を司《つかさど》る部署の第三位官。若年ながら高官の位置にあり、かなりの野心家と聞く。

この男もすぐに下がらせたが、その結果は。

「同じくらい怪しかったわね……。小躍りしそうなくらい喜んでたわよ」

まだ分からない。先二人の共犯という可能性もある。

そして完全に俺たちが困惑し始めたのは、三人目が来てからだった。

「いきなり申し訳ありません。大変なことになったとお聞きしたのですが、四玄様は無事でしょうか？」

税制関係の指南役である。外部の識者という扱いで遇されているので、中枢の権力争いとは無縁の人物である。

――だというのに。

「おかしいわね。今のもちょっと喜んでたわよ。『国の憂いが一つ減った』って感じに」

「おい、これじゃあ誰が来ても同じような結果じゃねえか。単にこいつの人望がなさすぎるんじゃねえの？」

「ここまで死を望まれるとは、我が弟ながら不憫《ふびん》でなりませんね……」

せっかくこちらが尊い自己犠牲を払って危篤役になってやったというのに、なんたる言い草だろうか。

もはや演技などしていられるか。俺は布団を払って寝台から立ち上がり、兄姉たちへの報復攻撃に出ようとしたが、

「意識不明のわりにはずいぶん元気そうだな、四玄」

低い声に俺を含めた兄弟全員が凍り付いた。

医務室の戸口をぎこちなく振り向けば、そこに立っているのは皇帝である。

「親父《おやじ》……？　今日は外に出てたんじゃなかったのか……？」

「優秀な伝令が親切にお前の危篤を教えに来てくれてな」

見れば、皇帝の背後にはむくれた表情の月天丸が立っていた。確かに月天丸の早駆けならば、宮中の伝令よりも大幅に早く皇帝を呼びつけられる。

「チクるなんて卑怯《ひきょう》だぞ月天丸！　裏切ったのか！」

「貴様らの性根ほど卑怯ではないわ。じゃあ、後は任せたぞ。親としてちゃんとこいつらを躾《しつけ》てやれ」

「うむ。そなたの義行に応えよう」

月天丸に笑顔で頷き、皇帝が両の拳を打ち合わせた。

「では貴様ら。何か言い訳はあるか？」

とりあえず駄目元で兄弟四人の総攻撃を仕掛けてはみたが、もちろん敗北した。

＊

戦いという嵐が過ぎ去った医務室には、生々しい破壊の傷跡が残されていた。

壁には大穴が空き、天井の板はあちこちが張り裂け、寝台は粉々に砕け、薬棚は中身を散らして崩壊している。

その惨状にあって、皇帝ただ一人が無傷で威風をたなびかせている。

俺たち四兄弟は傷らしい傷こそないものの、全員が頭に巨大なタンコブを作って皇帝の前に正座させられている。

「暗殺の首謀者を探そうとしていたらしいな。しかもまたロクでもない魂胆で」

重々しく指摘された一言に、俺たちは不貞腐《ふてくさ》れた顔で視線を逸《そ》らす。

いったい何がロクでもないというのか。俺たちはただ国に仇《あだ》なす不届き者を捕らえようとしていただけである。皇子として当然の責務を果たしたといえる。このように責められる筋合いはどこにもない。

と、そんな風に半ば開き直りの言い訳を自分の中で展開していたら、皇帝が予想外の言葉を続けてきた。

「その人物については余の方で既に把握している。今は泳がせながら対応を検討しているところだ。お前たちは余計な真似《まね》をせずにおとなしくしていろ」

馬鹿な。

崇高な志を同じくする貴重な仲間が、既にこの皇帝の情報網に引っかかってしまったというのか。

皇族への暗殺未遂などという大罪を犯した者とあらば、まず死罪は間違いない。だが、こんなところで仲間を失うわけにはいかない。

——なんとしてもこの場でこの皇帝を止めなければ。たとえ激戦の果てに、一虎あたりの命が失われようとも。

静かに再び拳を握り直した俺だったが、制するように皇帝が掌《てのひら》を前に出した。

「やめておけ。こんなところで時間を無駄にするな。それに心配せずとも、即座に死刑にするつもりはない」

「何だって？」

飛び出す頃合を窺《うかが》っていた俺は、腰が折れてがくりと姿勢を崩す。

死刑にしない？　そんな大罪人を？

そこで目を光らせたのは二朱だった。

「単なる武神祭の恩赦で済ませるには、罪が重すぎるわね。すぐに消えては困る重役か――お父様とよほど近しい仲の人物あたりかしら？」

皇帝の表情が僅かに歪《ゆが》んだ。そこで勢いを取り戻した俺たちは、素早く正座を解いて反撃に動いた。

「姉上！　大至急そいつを特定して逃がしてやってくれ！　この親父は俺たちで足止めする！」

一虎と俺が皇帝の両足にしがみつき、その間に三龍が腰の剣を抜いて医務室の出口前に陣取る。時間稼ぎを何よりの得意とする三龍の持ち味を活《い》かし、勝利は捨てつつも一分一秒を稼ぐ戦法である。いざとなれば一虎を上手《うま》く煽《あお》って捨て身を打たせ、さらなる手数を稼ぐことも可能。

まさにこれこそ美しい兄弟愛が生んだ至上の連携といえた。

そこで皇帝が静かに呟《つぶや》く。

「こう手を組まれると面倒だな。誰か一人でもこの場で余に寝返ってくれたら、そいつだけは後継候補から外してやってもよいのだが」

俺と一虎が同時に皇帝の足から手を放し、三龍はすっと出口前から身を引き、二朱が足をぴたりと止めた。

「気持ちいいほど行動が読みやすい屑《くず》だな貴様らは」

壊れた医務室の隅っこで、ずっと見物していた月天丸が呆《あき》れたように吐き捨てた。

確かに冷静に考えたらこの程度で候補から外されるわけないのだが、つい反射的に動いてしまった。

大きく息を吐いた皇帝が、冠の上からぐしゃぐしゃと頭を掻《か》く。

「しかし余もしくじったな。迂闊《うかつ》なことを言って特定材料を与えてしまうとは」

特定していながら刑を処さないというのは、確かに十分すぎる情報だったろう。

皇族に刃《やいば》を向けておいてなおしばしの生存を許される人間なぞ、五指にも満たぬ人数だろう。それだけ絞られれば、二朱でなくても特定は容易となる。

「ええそうよお父様。こうなったらどこの誰かもう白状してくれてもいいんじゃない？」

「……まあ、そうだな。いっそのこと、お前たちに直接行かせた方が手っ取り早いかもしれんな」

そう言って皇帝は遠い目になった。そして告げる。

「都の警備を司る衛府《えふ》省の長——錬副《レンフ》は知っているな？」

「ああ、錬爺《じい》。そりゃもちろん」

長きに渡る皇帝の盟友にして、かつては将として用兵に名を馳《は》せた武人である。だが、俺たち兄弟にとっては幼い頃からよく遊んで（稽古して）くれた気のいい爺さんという印象が強い。

「そういや最近顔合わせてないな……小遣いも長いこともらってないし……ん？　待ってくれ親父。この流れで名前が出るってことは」

「そうだ。お前たちの暗殺を手配したのは錬副だと調べがついている。だが……奴《やっ》は私利私欲で国家転覆を謀るような男ではない。だからこそ処遇を決めかねていたのだ」

俺たちの間に衝撃が走った。

錬爺といえば、宮中でも一、二位を争う忠臣として有名である。作戦会議の際、二朱も
まっさきに候補から除外していたくらいだ。

しかし――

「錬爺か、そりゃよかったぜ。性根の腐った高官のオッサンだったら同志にするのはちょ
っと嫌な気もしたけど、錬爺となら気持ちよく手ぇ組んで後継阻止に動けるな」

「まったくですね。安心しましたよ」

「動機が気になるところだけど……」

錬爺にどんな心変わりがあったのかは分からない。

だが、これから俺たちの仲間として一緒にやっていくなら、あの経験豊富な好々爺《こうこうや》は味

方として頼もしいばかりだった。犯人探しの予想は外れたが、結果的には期待以上の人物を同志に迎えられるかもしれない。

「なら親父。今から俺たちで錬爺に直接話しに行っていいんだな？」

「ああ、もう好きにしろ」

皇帝の言質《げんち》も取った。これでもはや俺たちの覇道を阻むものはない。

だが、皇帝と月天丸が何やら会話をしているのが少しだけ耳に入ってきた。

「なあ皇帝」

「何だ」

「義に厚い忠臣が道理に背いてでも皇子を排除しようとした理由、なんとなく察しが付くのだが当ててやろうか？」

「うむ。正直余もわりと察しているが、とりあえず聞かせてくれ」

月天丸が目を細めながら俺たち兄弟を一瞥《いちべつ》する。

「真に国の未来を憂うからこそ――であろうな」

意味深な月天丸の発言に、皇帝は深く頷《うなず》いていた。

＊

都の警備の統率役というと、少し迫力が足りないようにも思える。

見廻《みまわ》り組の市中警備なんて酔っ払いの喧嘩《けんか》の仲裁やコソ泥の取締に明け暮れるばかりの閑職であり、大軍を率いる将軍や財務を仕切る宰相には遠く及ばない——そう考える人間は決して少なくない。

しかし、実態は違う。

皇帝の膝元である都の警備を任されるということは、謀反や内乱といった重大事案への対応が求められるということである。そのために有する政治力や武力は、この安都において他の官職の追随を許さないであろう。

だからこそ、最も信頼のおける人物が置かれていたのだが。

「錬爺！　いるか⁉」

警備をすべて皇子特権で突破し、衛府省の長官室を蹴破る。宮中議会のすぐ脇に置かれたこの政務室は、まさしく都を守る諜報《ちようほう》の拠点である。

その部屋の窓際で、錬爺——衛府省長官・錬副は静かに佇《たたず》んでいた。

「とうとう来たか、お前たち」

白鬚《しらひげ》を伸ばした威厳のある老人である。こちらの来訪を予期していたかのような落ち着き具合であり、皇子が一斉に駆け込んできたというのにまったく動じていない。

「おい貴様ら。普通に開ければいいものをなぜわざわざ蹴破る。ああよかった、壊れてはおらんな」

ただ、一緒についてきた月天丸の存在には少しだけ眉を動かした。俺たちだけでは不安ということで、なんだかんだで同行してきたのだ。

「ああ、気にしないでくれ錬爺。こいつはただの――」

「そちらは第五皇子様か。お初にお目にかかります」

新入りの世話役とでも説明しようとしたのだが、錬爺は「すべて知っている」とばかりに先手を打ってきた。さすがの情報通である。

このやり取りを見て、一虎がにやりと笑った。

「お見通しってわけか。やっぱさすがだな、錬爺。つうことはオレたちがここに来た理由も察してんだろ？」

「もちろんだとも、一虎」

俺たち皇子に対しても敬語でなく喋《しゃべ》るのは、幼いころから接してきた名残である。

窓から吹く風に白髭を揺らしながら、錬爺がどこか懐かしそうに瞑目《めいもく》した。

「皇族の暗殺などという謀反を企てた以上、とうに覚悟はできている。八つ裂きにでも火《ひ》炙《あぶ》りにでもするがいい」

「いや違うっての何言ってんだ錬爺。オレたちはあんたの仲間になりにきたんだよ」

風を浴びながら瞑目していた錬爺の身が、カラクリ人形のようにゆっくりとこちらに向く。

「一虎。今、何と？」

「安心してください錬爺。僕たちはあなたの味方です。皇族の暗殺を試みたということは、この血統主義の同族政治を快く思っていないのでしょう？　まったく同感です。僕らよりよっぽど皇帝にふさわしい者は山ほどいるはず……」

「三龍？」

三龍も擁護に出た。続けて二朱も語り始める。

「そうそう。あたしたちなんて、有事にちょっとだけ動く特別将兵くらいの待遇でいいのよ。毎日遊び歩ける程度の給金を約束してくれたら、何も文句なくどんな皇帝だって受《う》け容《い》れるわ」

ここまで皆が熱い思いを吐露する中、俺だけが黙っているわけにはいかなかった。

「なあ錬爺。俺がこの宮廷に迎えられて馴染《なじ》めなかった頃、一番遊んでくれたのはあんただったよな……？」

「あのときは『またえらい馬鹿が来たなあ』と思ったものだよ」

「俺はあのときの恩を返したいんだ。あんたが国家転覆を目論《もくろ》んで権力を奪取するのなら喜んで協力する。いや、させてくれ。転覆後の待遇はさっき姉上が提示したくらいの内容でいいから。な？」

言っていて自分でも目頭が熱くなってきた。いわば錬爺は第二の父といって過言ではない。それにここまでの申し出をするとは、自分はなんと孝行息子なのだろうか。

転覆させられる側にいる第一の父の行く末は、この際知らんしどうでもいい。あんな筋肉生命体は父親ではない。

俺たちの言葉をひとしきり聞き終えた錬爺は、黙って窓の木戸を閉じた。それから杖《つえ》を取り、ぴしりと床を鳴らして俺たちに告げる。

「座れ」

「んだよ。立ち話もなんだから座って茶でもってか？　そんな他人行儀な仲じゃねえだろ。これからは同志になるわけだしよ。もっと明け透けにいこうぜ」

「馬鹿者どもが！　正座で座れと言っている！」

　現在の実力差でいえば俺たちの方が錬爺よりも圧倒的に強いのだが、幼少期に受けた説教の刷り込みもあって、月天丸を除く全員がその場に正座した。

「何が協力だ⁉　同志だ⁉　わしゃ暗殺に失敗したとびきりの重罪人だぞ⁉　最低でも断首くらいにするのが常識的判断だろうが！　ああ分かっている、分かっているとも！　どうせお前ら『皇帝になるのが面倒だから、誰かが適当に皇位を奪ってくれないか』とか考えてるんだろうが！　違うか⁉」

「ご老人。まったくその通りだ。私もその計略に巻き込まれた」

　月天丸が横から言うと、錬爺は髭《ひげ》を垂らして深く頭を下げた。

「わしの躾《しつけ》不足のせいでお嬢さんにまで迷惑をかけてしまい申し訳ない。もう老い先長くない身として、国の憂いたるこいつらを地獄への道連れにしようと思ったのですが、無駄にしぶとく育ってしまいまして」

「災難なのだな、お前も」

　理解を深めている様子の月天丸と錬爺だったが、聞き捨てならぬ点があったので俺は抗議の声を上げる。

「待ってくれ。俺たちが国憂だって？　なぜそうなるんだ。こんなに優秀な人材を捕まえておいて。むしろ国宝扱いでいいくらいだろ」

「ええい黙れ！　お前らがそんな腐れきった態度ばかり取っているから、兵の間にも不満が溜《た》まるんだ！　今はわしが纏《まと》め上《あ》げて抑えているがな、万一にでもお前らの誰かが即位したら反乱待ったなしの状態だぞ！」

俺たち四人は錬爺《じい》の言葉を聞いて目を見合わせた。

「錬爺。俺たちに不満を持っている兵ってどのくらいだ？」

「ああ？　要職の宮中警護だけでも百は下らん。都全域の市街警備まで含めれば数千に届くやもしれん……潜在的にはさらなる数もいよう。国家転覆とまではいかん数だが、いざ本格的に火がついてしまえばかなりの反乱になるぞ」

「っしゃあ！」

四人の手が空中で重なって快哉《かいさい》を鳴らした。

予想以上に同志の数は多かった。それだけの数が即位反対の味方に付けば、もう怖いものなしである。

俺は笑顔で錬爺に申し出る。

「というわけで錬爺。俺たちもその即位反対の兵士団に入れてくれ。熱意は誰にも負けない自信があるから、最高幹部くらいの待遇にしてくれると助かる。きっと団員のみんなとも仲良くなれると思う」

それを聞いた錬爺の無表情ぶりときたら、まるで魂だけが一瞬で天に召し上げられたかのような感情の失せ方《かた》だった。

ふらふらと壁際に歩いて背をもたれる錬爺に、そっと月天丸が歩み寄っていく。

「そう嘆くなご老人。皇帝もまるっきりの無能ではない。さすがにこいつらがいつまでもこんな調子なら、継承を再考することもあろう」

年長者への気遣いを忘れぬ態度はさすが義賊といったところか。人情に厚いことに定評のある俺も、すかさず援護に向かう。

「そうだぞ錬爺。あの馬鹿皇帝はやたらと俺たちを過大評価しているみたいだけど、そんなものに負ける俺たちじゃない。親馬鹿に曇った目でも『こいつらは駄目だ』と認めざるを得ないくらい、これからも醜態を晒《さら》していくつもりだ。期待していてくれ」

「ちょっと貴様黙っていろ」

月天丸が俺の脛《すね》をげしりと蹴ってくるが、踏み込みが浅い。もっと腰を入れねば俺には通用しない。

「それが……そういうわけにもいかんのだ。確かに陛下は、一時期は養子を検討していたこともあった」

「一時期？　今は違うのか？」

「第五皇子……あなたを正式に認めた頃、方針が変わったようでしてな。今は探していないようです。それに養子を迎えたところで、単純にすべてが解決するわけではない」

そう言って錬爺は憂鬱を帯びた目で俺たちを眺める。

「外部から養子を迎えて皇帝とさせたとき、この四人ははっきりいって目の上のタンコブ以外の何物でもありますまい。こいつら自身は食《く》い扶持《ぶち》さえ与えてやれば大人しくしているのでしょうが、政争の火種となるのは目に見えています。新たな皇帝と対立する連中が神輿《みこし》として担ぎ上げ、国を分裂に傾ける恐れすらある」

「つまりあたしたちが皇帝にならなくても、生きてるだけで問題だっていうのね？」

「お前ならわしの言い分は理解できるだろう、二朱」

錬爺は決して俺たちを憎くて殺したいと思っているわけではない。（たぶん）

なるほど。外部から皇子を探したところで、俺たち兄弟——特にこの俺・四玄を越える才能の持ち主はそうそう見つかるまい。新たな皇帝の人選には大幅な妥協を強いられることとなる。

そうなれば、「四玄様を皇帝に」と担ぐ勢力が出てくるのも理解はできる。いいや、出てこないと考える方が難しい。出てくるに違いない。絶対に応じるつもりはないが、新皇帝にとって目障りな存在にはなるだろう。

「皇帝としてふさわしい人物になるか、さもなくば死か。だが、さすがに陛下とて何の罪状もなくお前たちを死罪にはするまい。だからこそ、前者になってくれることを祈っていたが……まさかここまで想像以上の馬鹿になっていたとは……」

そのとき、一虎が無言のまま膝をついて錬爺の肩に手を置いた。

「なあ錬爺。諦めるにはちょっと早いんじゃねえか？」

「一虎……？」

「皇帝か死か。そりゃあ一かゼロかの極論に逃げるのは簡単だろうよ。だけどな、世の中そんなに単純明快じゃねえだろ？　もっといろんな理屈が混ざって、大勢で悩んだ挙句に結論が出るもんじゃねえのか？」

あの一虎が。

俺たち兄弟の中でもっとも脳みそが小さいであろう一虎が、拳でなく言葉で説得を試みている。これは過去にない異例の事態だった。

「いや待て。これはただ『死ぬのも皇帝になるのも嫌』という駄々《だだ》を捏《こ》ねているだけではないのか？」

月天丸が的を射た感想を述べる。当たってはいるのだが、不器用な男の精一杯の言葉にわざわざ突っ込んでやるのは野暮《やぼ》というものである。この際なのだから、内容よりも誠意を汲《く》んでやって欲しい。

が、残念ながら錬爺の心に一虎の説得は届かなかったようである。錬爺の持っていた杖で顎をかち上げられて一虎は勢いよくひっくり返る。

「ええい！　ともかく、こうなった以上はさっさとわしを刑に処せと言っておるのだ！　反逆者には容赦ないという姿勢を示せ！　首魁《しゆかい》のわしが厳罰に処されれば、兵の不穏分子ども……『革命義団』の連中も少しは気勢が削《そ》がれるかもしれん」

「お、その『革命義団』ってのが俺たちの同志のことか？」

「話を聞かんか」

俺たち四人はぐいっと錬爺に顔を近づける。

「入団試験ってあるのか？　官試みたいな筆記試験はキツいから、錬爺の推薦っていうことで免除してくれると助かる」

「今ここで面接試験の結果を伝えてやる。お前ら全員不合格だ。とっとと帰れ」

採点が厳しい。俺たちほどの精鋭が揃《そろ》って不合格とは、これはなかなか狭き門かもしれない。

そうこうしているうちに気付く。傍《かたわ》らで待っていた月天丸の表情が、どんどん渋くなっていたのだ。

「ん？　どうした月天丸？　腹具合でも悪いか？」

「……ううむ、ご老人。少々尋ねたいのだが、たとえば私が第五皇子として公認を受ければ、少しはその状況がマシになるのか？」

それを聞いた錬爺はいきなり生気を取り戻して、月天丸に向かって頭を下げた。

「無論でございます。支持も厚い貴女《あなた》だ。現皇帝から嫡子ということで公認されれば、後継候補にまともな人物が加わったということで、義団の連中の反感も少しは収まるでしょう」

むう、と月天丸が唇を歪《ゆが》める。

そして腕組みをしながら長い沈黙を経て、やがて重々しくこう言った。

「国が乱れれば皆が困るからな……。形だけだぞ。本気で即位とかそういうつもりは決してないから誤解するなよ貴様ら。あくまでお前らが性根を直すまでの繋《つな》ぎとしての措置であって、いずれ本物の皇子ではないことを公表して野に戻るつもり――」

月天丸はそれからも長いこと言葉を続けたが、俺の耳によって要約するとこういう内容で間違いなかった。

――次期皇帝は私に任せろ、と。

図らずも一虎の提唱していた「死」でも「即位」でもない第三の選択肢が急浮上した。

すなわち、正式な皇子であり人格的にも問題ない月天丸を次期皇帝に戴《いただ》くという道である。

前々からそうしたいと思っていた手段ではあっても、本人（月天丸）が頑《かたく》なに拒否するのでなかなか進められなかったのだが――

「ついに覚悟を決めたんだな。兄としてその決断を誇りに思うぞ」

「だから話をよく聞けと言っているだろうが！　一時的に不満分子を落ち着けるための方便というだけだ！」

まったく素直ではない。どうせ義心に厚い月天丸のことである。現皇帝がくたばりかけても俺たちが性根を改めない状況となっていれば、なし崩しでそのまま皇位を継いでくれるに違いない。

「じゃあ錬爺、今後の『革命義団』とやらの活動方針は、月天丸を支援していくっていう形でいいよな？」

「いいわけないだろうが！　おいご老人、そちらからも何かこいつらに――」

「……いいや、こいつらの言説にしては一理あるやもしれんな」

「ご老人？　おい、騙《だま》されるな。歳《とし》だからといってこんなときに耄碌《もうろく》されては困るぞ」

月天丸は錬爺の肩をがくがくと揺する。老人虐待になりそうなので俺はそっとその手を収めてやり、年長者らしい笑みを浮かべる。

「ふ、じたばたするな月天丸。前にも言っただろ、皇帝なんて大役に就く人間には天命っていうものがあるんだ。こんなに周りの人間に推されるなんて、お前には他人を魅了してやまない特別な何かがあるんだよ」

「貴様らがろくでなしだから消去法で推されているだけだ。そこいらの鶏や豚を皇子に据えても、貴様らよりはまだ支持されるぞ」

だいたい、と月天丸は咳《せき》払いする。

「私のようなどこの馬の骨とも知れん者がいざ即位の候補となったら、即座に素性を調べられるに決まっているだろう。強さもまるでこいつらに及ばんしな」

「そんなことないっての。強さだって鍛えりゃ何とかなるし。なあ錬爺？　……錬爺？」

そのとき、錬爺が一瞬ではあるが鋭い眼光を放っていたのに気付いた。本懐を遂げるために手段を選ばないという、武将に特有の冷徹な光である。

「ああ、そうだな。何も心配はいらんよ。素性についても、強さについてもな。才があっても性が怠惰とあっては技も持ち腐れようもの。凡百の素養でも積み重ねを怠らねば、いつか大成できようからな」

持ち腐れというあたりで錬爺《じい》は俺たちを厳しく睨《にら》んだ。だが、しばし後に目元に柔和な皺《しわ》を作る。

「そうと決まればお前たち。『革命義団』に入りたいのだったな？」

「ああ。活動方針を月天丸の応援に変えるのなら、俺たちが入団しても大丈夫だろ？」

幹部級の待遇が望ましくはあるが、この際だからとりあえずは下っ端からでいい。入団したら熱意が認められてトントン拍子で出世するに決まっている。

しばし無言で考えていた錬爺は、やがて鷹揚《おうよう》に頷《うなず》いた。

「いいだろう。団員たちにわしから伝えてみるから、今日のところはもう帰れ。この件についてはくれぐれも内密にな」

促されるままに俺たちは錬爺の政務室を辞去する。達成感に満《み》ち溢《あふ》れて廊下を歩く中、ただ一人月天丸だけが怪訝《けげん》顔を浮かべている。

「おい貴様。あんなのを本気で信用しているのか？」

「あんなの？　何の話だ？」

錬爺の元を去り、第四庭の自宅へと戻る道中。俺の後をついてきた月天丸は、眉根に深い皺を寄せている。

「あの老人は貴様らのように本気で私を祭り上げるようなつもりではなさそうだったぞ。

あれは、話に乗ったフリをして何かを企《たくら》んでいるといった感じだ。そのくらい見抜けるだろう」

「そうは言ってもな。フリでも何でも協力してくれるなら嬉《うれ》しいことじゃないか？」

実際、あの場においては最高の結果だったと自負している。俺たちの死も即位もなく、かといって錬爺が処刑されるでもない。誰も損をしなかった構図だ。

月天丸は——まあ、皇位なんて普通は喜ぶべきものだ。むしろ得をした立ち位置と考えてもらおう。

「それより月天丸。今日はもう遅いからうちの客舎に泊まっていけよ。晩飯何か食いたいものはあるか？」

「甘すぎるぞ貴様」

と、そこで俺の足元の地面に何かが突き立った。月天丸が投擲《とうてき》した小刀である。

「たとえば私が本気で私欲のために皇帝を志したとしたらどうする？　お前たちの命を狙う可能性すらあるのだぞ。私だけではない。あの老人にせよ誰にせよ、貴様らはもっと自覚を持って警戒すべきではないのか？」

「いやあ、だってこのくらいの不意打ちで殺される俺たちじゃないしな」

「正面切っては敵《かな》わんがな。この間など、私が見舞いに持ってきてやった団子をバクバク食っていたろう。あれに毒が入っていたらとか考えんのか？」

「いやまったく。お前そういうことする奴《やつ》じゃないだろ」

それに、たぶん俺たちにそんじょそこらの毒は効かない自信がある。父である皇帝からして、フグの肝を酒の肴《さかな》にガツガツと食べるような化物だし。

毒気を抜かれたような顔をした月天丸は、ため息とともに小刀を拾った。

「とにかく、もう少し気を付けろ。貴様らは阿呆《あほう》ではあるが、見所がないわけではないからな。迂闊《うかつ》に死なれでもしたら寝ざめが悪い」

「安心しろ大丈夫だから。で、晩飯はどうする？」

「こんな話をした後に宮中で飯を食う気になれるか。巻き添えで変な毒をもらっちゃたまらん。外で串焼きでも買ってくる——だが、出る前にこれだけは忠告しておくぞ」

月天丸は念を押すようにこちらを指差した。

「もしあの錬副という男から接触があっても、決して迂闊に動くなよ。あり得んとは思うが、この流れで貴様らにもしものことがあれば、私も他人事《ひとごと》ではなくなるのだからな」

そして錬爺からの使者が来たのは、この翌日のことだった。

＊

「……歓迎の顔合わせだと？」

「ああ。俺たちを団員たちに紹介してくれるんだとよ」

翌日。使者からの連絡内容を約束どおり月天丸に報告してやると、彼女はこれ以上なく胡散臭《うさんくさ》いものを聞いた顔になった。

「それは他意のないものなのか？　どうも信用が置けんぞ」

「大丈夫だっての。俺たちと錬爺は長い付き合いなんだぞ」

「その長い付き合いの男に、つい最近暗殺者を差し向けられたばかりだろうが。いいからもっと詳しく聞かせろ。いつどこでどんな風に開催するのか言ってみろ」

極秘の会談ゆえに他言無用という風に告げられたのだが、相手は同じく皇子の月天丸である。まあ、許容範囲といえよう。

「まず時間帯は今日の深夜だ。刻が一番深い頃だな。誰にも見られないように城内を抜け出してこいと」

「早くも怪しげな内容と聞こえるが……続けろ」

「次に場所だが、都の外れの練兵場だ。新兵育成用の場所だから安都の中でも指折りの僻《へき》地《ち》にあってな、行くのが少し面倒だ」

「騒ぎになっても誰も気が付きにくい場所だな」

書状ではなく口頭での指示だったため、手元に明文としては残っていない。しかし、他の細かな内容もしっかり記憶している。

「ついでに、歓迎会だから非礼にならないよう武器の持ち込みは一切禁止」

「目を覚ませ貴様。どこからどう見ても殺意に満ちた罠《わな》としか思えんぞ。まさか本気で応じるつもりではないだろうな？」

俺は静かに目を瞑《つぶ》った。

「……なあ月天丸。俺だって馬鹿じゃない」

「いや、馬鹿だという認識はいまさら覆らんぞ」

「この誘いが不審だっていうことには気付いてる。だけどな、こんなに見え見えの殺意を溢れさせるほどに、『革命義団』の奴らは俺たちの即位に反対してるっていうことなんだ。その熱意を真っ向から受け止めて説得しきってこそ、真の同志になれるものだとは思わないか？」

雨降《あめふ》って地固まるともいう。この強烈な殺意を乗り越えて和解した先にこそ、共に歩んでいく協力の道が拓《ひら》けるのだ。

月天丸は両手で頭を抱えた。

「どうせこんなことになるだろうとは思ったが……」

「止めないでくれ。これは男の浪漫《ろまん》だ」

「止めても無駄とは思うから止めん。だが、用心のために私もついていくからな。もしものときに仲裁くらいはできるかもしれん。まあ、それに――」

「それに？」

月天丸はゆっくりと顔を上げ、自分に言い聞かせるかのように何度か頷く。

「さすがにここまで分かりやすい罠というのも考えづらいしな。一周回って逆に罠じゃないような気もしてきた。本気で向こうも馬鹿なのかもしれん」

「月天丸。錬爺をあまり侮らない方がいい、歴戦の将兵だぞ」

「人が頑張って好意的に解釈しようとしているのだから余計な口を挟むな」

若かりし日は権謀術数に長《た》けた守将として勇名を馳《は》せたという。そんな男が罠の一つも仕掛けぬはずがない。

そう信じて、俺は夜の訪れを待った。

「だから、なんでお前らはこんな下らない誘いにノコノコと乗ってしまうんだ……！　来んだろうが普通！　怪しすぎて躊躇《ちゅうちょ》するだろうが！　なんで本当に武器の一つも持たずにやって来るんだ！」

＊

深夜の冷めた空気に、錬爺の悲哀混じりの怒号が鳴り響いている。

何の問題もなく宮廷を抜け出した俺たち四人だったが、今は練兵場のど真ん中に正座をさせられていた。

周囲には『革命義団』の団員らしい兵士がひしめいており、退路は完全に塞がれている。

「へ、さすがだな錬爺。罠だったってわけか……」

「あなたほど狡猾《こうかつ》な方が策を仕掛けぬわけがないとは思っていましたが、やられてしまいましたね……」

「見破っていても敢《あ》えて踏み込まざるを得ない策。実に見事だったわ」

「悲しくなるからこんな雑な姦計《かんけい》を策などと呼ぶな。わしの誇りに傷が付く。単にお前らが愚かすぎるだけだ。だいたい引っかかっておきながら余裕綽綽《よゆうしゃくしゃく》の顔をするんじゃない」

迂闊にも罠にかかった兄姉《きょうだい》たちに対して、錬爺は嘆きの叱責を吠《ほ》えている。まったくだ。

俺は危険性を承知の上ですべての覚悟を済ませて来たが、一虎あたりはロクに危険を考えず来たに違いない。こういうあたりに人としての器の差が出る。

なお、月天丸は縄でぐるぐる巻きにされて練兵場の梁《はり》に蓑虫《みのむし》のごとく吊《つ》るされている。

完全包囲されたとき、助けを呼びに脱出しようとしたのだが、あえなく捕まってしまったのだ。

――ちなみに誰が捕まえたかというと、俺である。

密告されてあの親父《おやじ》にこんな集団包囲の現場を見つかってしまっては、『革命義団』が壊滅させられてしまう。

「すまない月天丸。こんなところで同志を失うわけにはいかないんだ。今度何か美味《うま》いものでも奢《おご》ってやるから、今日のことは忘れてくれ」

「ああ好きにしろ私はもう知らん」

不貞腐《ふてくさ》れた月天丸はぶらんと吊り下がったまま揺れている。

それを一瞥《いちべつ》してから、錬爺がこちらに背を向ける。それと正反対に、周囲を固める兵士たちはじりじりと包囲を狭めてくる。

「本当に大した余裕だな、お前たち」

「もちろんだ錬爺。なんたって、俺は十分に準備をしてきたからな」

「ほう？　何か策があるというのか？」

当然である。俺を舐《な》めてもらっては困る。考えのない馬鹿な兄たちと違って、俺は罠であろうと見事に突破できる妙案を携えてきたのだ。

「まあこれを見てくれ。錬爺《じい》」

俺は懐から分厚い紙束を取り出して、錬爺に向けて差し出す。錬爺はこちらを警戒しているらしく、直接歩み寄って取ろうとはせず、雑兵の一人に命じて回収させた。そして紙束の表紙をぺらりとめくって、

「なんだこれは？　助命の嘆願か？」

「俺を『革命義団』に入団させることの利点を説いた文書だ。武力、知力、求心力、人徳……すべてを兼ね備えた俺を入団させることで、団はよりいっそう結束して強くなるに違いない。さあ読んでくれ錬爺、俺がこの組織に必要な人材だということが分かるはずだ」

「ちょうどよかった。便所紙を切らしていたところだ」

錬爺はすぐさま雑兵に紙束を差し戻し、便所の方に運ばせた。

徹夜の成果を便所紙に貶《おとし》められた俺は愕然《がくぜん》となる。

「なんでだ錬爺……？　まさか、老眼で細かい字を読むのはきつかったのか？　確かに熱

意のあまり、字と行間を詰めすぎたかもしれないが……」

「誰が文書の体裁の話をした」

「そうよ四玄。あんな無駄紙を渡したところでゴミにしかならないじゃない。誠意っていうのはもっと伝え方ってもんがあるのよ」

　ここで二朱が動いた。得意げな様子で彼女が袖の中から取り出したのは――

　ごとり、と。

　拳ほどの大きさもある黄金の塊が床に置かれた。

「どうかしら？　あたしの秘蔵の隠し金塊よ。これを軍資金にすれば装備も人員ももっと調達できるはずよ。必要とあらば、もう少し調達できるアテもあるけど……？」

「卑怯《ひきょう》だぞ姉上！」

　俺と一虎と三龍がほとんど同時に詰め寄った。俺はわなわなと震えながら熱弁する。

「そりゃあ金は大事だ。だけど、世の中それだけじゃないだろ？　ここで評価されるべきはあくまで純粋な誠意であるべきだ」

「誠意で革命が起こせりゃ苦労はないのよ。先立つものは金でしょうが」

　開き直った二朱は、満面の笑みで兵士たちに向き直る。

「さ？　どうかしら？　お金も用意できるし、あたしみたいな美人が入れば目の保養にもなるでしょ？　稽古付けてあげるときにちょっといいもの見れるかもしれないわよ？」

服の裾を捲《まく》り上《あ》げ、二朱はちらりと腿《もも》を晒《さら》してみせた。金と色仕掛け——即物的にも程があるやり口だ。仮にも皇子とあろうものが、もう少し品を弁《わきま》えて欲しい。

二朱の抜け駆けに焦る俺だったが、しかしそれ以上に焦りを浮かべているのは一虎と三龍だった。この二人はほとんど何も用意せずにやって来ていたらしい。

三龍は参ったという風に首を振って、

「残念ですが……僕はこの場で見せられる誠意がありません。ですが、信じていただくためならばあらゆる処遇を受《う》け容《い》れる所存です。武装した見張りを四六時中僕の周りにつけてもらっても構いません。僕がもしあなたたちの意に沿わぬ行為を働いたなら、即座に刃《やいば》を振るうといいでしょう」

跪《ひざまず》いての殊勝な発言である。実際に三龍を仕留められる見張りがいるかは別問題として、監視を受け容れるというのはある種の忠誠の示し方かもしれない。

さらに三龍は続ける。

「そして、あくまでこれは提言なのですが、僕に付ける見張り役については若い女性がいいかと思います。筋骨隆々の武装兵を常に率いていては、革命の企てを察知されかねませんからね。間違っても戦闘員には見えないような、麗しい若い女性を手配していただけると……」

　殊勝かと思いきや、結局はいつもの三龍だった。

　この時点で誰一人として耳を貸す者はいなくなり、見張り役に対する彼の細かい要望は雑音として聞き流される。

　と、ここで一虎がおもむろに言葉を発した。知恵の足らない男ではあるが、三龍が恥を晒《さら》している間、彼なりに何か考えていたのかもしれない。

「なあ錬爺。オレはよ……。弟どもみてえに器用な男じゃねえから、あんたたちに取り入る考えってのが上手《うま》く浮かばなかったんだけどよ」

　たどたどしいながらも、一虎はゆっくりと言葉を紡いでいく。

「この間の武神祭のときの暗殺……あれを仕向けたのはあんただったんだよな？」

「そうだ」

　鋭く冷徹に錬爺が頷《うなず》く。それを受けて一虎は微笑を見せた。

「ああ、そうか。それならオレにも役立てることがあるぜ。オレはあんな暗殺者よりもずっと強《つえ》えから――」

　くわっ！　と一虎が気迫を発した。全身の筋肉が衣服を引き裂かんほどに漲《みなぎ》り、その顔には武人というよりも獣じみた獰猛《どうもう》さが浮かぶ。

そして俺と二朱と三龍にびしりと指を一度ずつ向け、

「はっはっは！　覚悟しろてめぇら！　オレが今から正々堂々てめえらを暗殺して入団の資格を得てやらあ！」

「おい長兄！　落ち着かんか！」

そのとき、ずっと呆《あき》れた様子で吊られていた月天丸が一虎に向けて制止の声を飛ばした。続けてこちらにも、

「貴様もさっさと止めろ！　こんな囲まれた状況で仲間割れなんぞしている場合ではないだろう!?」

「いや待て月天丸……虎兄の言うことも一理ある」

「……は？」

「実際に殺すかどうかは時と場合によるとして、ここで全員ぶちのめせば俺が一番優秀な皇子だって示せる。団に対して有用性を示せる格好の機会だ」

「おい？」

二朱と三龍も臨戦態勢の気を放ち始める。

「いいわね。それが一番分かりやすい入団試験じゃない」

「ふ。生き残るだけなら僕の得意分野じゃないですか……」

着々と戦場めいた緊迫感が高まる中、最後の火蓋は錬爺の一言によって切られた。

「──そうか、そうだな。ならば生き残った一人を同志に迎え入れてやるとしよう」


そして数十分後。

そこには、実力伯仲の攻防を全身全霊で繰り広げた結果、疲労困憊《ひろうこんぱい》して息を弾ませる俺たち四兄弟の姿があった。

いつの間にか練兵場に集った兵の数は先ほどまでより増えており、武装も心なしか充実している気がする。

その真ん中には、杖《つえ》を支えにして身を震わせる錬爺が立っている。

「だからお前らは！　なんでそうも勝手に駄目な方向に向かっていくんだ！　恐ろしいほど簡単に乗せられおって！　ほれ見ろ！　もう増援まで呼んで完ッ全に包囲しきっているぞ！　無駄に体力も消耗しおって！　冷静に考えて危機的状況だと気付かんのか!?」

やられた。

一虎の短絡発想かと思いきや、まさか錬爺によって仲間割れと体力の消耗を誘発されていたとは。恐るべき策謀──

「おい貴様。何を考えているかはだいたい分かるが、これはあの老人殿の策略ではなく貴様らの勝手な自滅だからな。見ていて予想外なほど愚劣すぎる仲間割れだったぞ」

吊るされた月天丸がまるで俺の思考を読んだかのように口を挟んでくる。ただの偶然と判断しているようだが、錬爺に対する認識が甘すぎる。あの翁《おきな》は恐るべき智謀《ちぼう》を巡らせる歴戦の将なのだ。一連のやりとりは彼の掌《てのひら》で踊らされていたとみていいだろう。

だが、根本的な読み違えがある。

いかに体力を消耗していても、数を集めただけの兵たちにやられる俺たちではない。

疲れ切ってやる気をなくしている他の兄姉《きょうだい》たちも、包囲への危機感は見えない。

「しかしお前たちは……この期に及んでずいぶん余裕なようだな？」

「そりゃまあ、この程度じゃ肝が冷えもしねえよ」

一虎が鼻を鳴らした。

ざっと見た限り、練兵場に集った兵士たちの数は五百を下らない。こちらに武器はなし。相手から奪うというのも無理だ。手甲をはじめとした、装着式の武装のみを身に纏《まと》っている。

だが、一人あたり雑兵百余人を倒すぐらいなら、疲弊した俺たちにとってもそう難しいことではない。

「ああ。お前たちの才能は大したものだ。この数を前にして動ぜぬのも分かる。だからこそなお、ここで殺さねばならぬのが惜しい」

「心配するな錬爺。俺たちゃこのぐらいで死なないから」

俺が笑いかけると、錬爺はやや複雑そうな顔になった。

「たとえ驕《おご》りでもそう言ってもらえると、わしも少し楽になるな——行け」

錬爺が杖を床に鳴らすと、兵士たちが一斉に飛び掛かってきた。

決して無作為な動きではない。第一陣は捨て身覚悟の突進であれど、その勢いによって俺たち四人を分断する楔《くさび》の動きだ。

事実。突進を横に跳んで回避し、返し技で足払いをしかけた後には、既に他の三兄姉とはずいぶん距離を引き離されていた。

だが、元よりあんな腐れ兄姉たちに背中を守ってもらおうなどとは思っていない。

真っ向勝負で来る敵全員を堂々と屈服させればいい。

そして迎え撃つは第二陣。

四方からの同時攻撃。こちらの機動力を削《そ》ぐ算段か、下段への打撃の狙いが見て取れる。

なにしろ数では圧倒的に有利。一人一撃でも加えられたら十分という発想だろう。

だが、多対一はこちとら得意分野である。

宮廷に迎えられる前から街のチンピラに絡まれては、大立ち回りをしてきたのだ。常《じょう》套手段《とうしゅだん》は心得ている。

「とにかく一人摑《つか》んで群れにぶっ飛ばす！」

それが多対一における俺の極意だ。投げた敵への攻撃となるのはもちろん、周囲を固めるその他大勢へも連鎖で攻撃が入る。おまけに捕まえれば盾にも武器にもできる。

四方から迫りくる敵のうち、適当な一人に狙いを定めて迎撃。胸元をがっしりと捕まえたら、そいつを振り回して残り三人を薙《な》ぎ払《はら》う。

——そういう算段だった。

「やはりか」

しかし、俺の摑み手が敵の身を引き寄せることはなかった。

摑むことには成功した。しかし、敵が纏っていた道着の胸倉が、紙きれといっていいぐらい簡単に破れてしまったのだ。

「うぉっと！」

よもや正規の兵装がそんな粗末な布で編まれているとは思わない。

いきなり計画が狂った俺は、その場で垂直に跳んで四方からの下段蹴りをかわす。

そして空中からの跳び蹴りで手近な二人を沈めようとしたが、

「痛っ！」

動きを読まれたように足首を摑まれて、そのまま勢いよく床に叩《たた》きつけられた。

踏みつけの追撃がくるが、それはギリギリのところで転がって回避に成功する。おかしい。確かに全員かなりの精鋭ではあるようだが、だからといって俺の動きにここまで対応できるとは。

「お前たちは己の才能に頼りすぎている。確かに力そのものは脅威であれど、我流の武は得てして癖を生むもの。そして癖は読まれれば隙に通じる」

声に振り向けば、錬爺《じい》が杖を突きながら練兵場の中央に陣取っていた。

「そいつらには、お前たちの癖への対策法を入念に教え込んでいる。無論、その技に適《かな》うだけの修練も日々積ませてきた。才だけに溺れ鍛錬を怠った者に、凌駕《りょうが》できるものではないと知るがいい。自らの怠惰と愚かさを悔やむのだな」

「なるほどな。錬爺の仕込みか」

昔、俺たちの稽古を付けていただけあって我流の癖は把握済みというわけか。確かに、俺の貧民街仕込みの喧嘩《けんか》術には毎度「矯正しろ」と口を酸っぱくしていた。

俺に限ったことではない。一虎は攻撃偏重の癖を咎《とが》められていたし、三龍はその逆で守勢一辺倒なのを責められていた。二朱も慢心に起因する手抜き癖を指摘されている。

ちらと兄たちの戦況を流し見る。

余裕の勝利を確信していた先ほどまでの表情は消えている。しかるべき敵に相対したときの顔付きだ。

「実に残念だ」

既に勝利を確信したらしく、錬爺は瞑目《めいもく》していた。

「お前たちの心根がもう少しまともでさえあれば、このような結末にならずとも済んだかもしれんのだがな――」

「おいご老人。一撃入って嬉《うれ》しいのは分かるが、そういう種明かしならばまだ喜ぶのは早いぞ」

そのとき、顔を伏せた錬爺の頭上から声が降ってきた。

吊《つ》るされたままの月天丸である。

「何？」

「確かにあいつらは馬鹿だ。その一点はどこをどう見ても否定しようがない。しかしな、決して鍛錬を怠っているというわけではないぞ」

「よく分かってるじゃないか、月天丸」

俺は妹を安堵《あんど》させるべく、言葉とともに拳を握ってみせた。虚勢ではなく、期待に応える自信もある。

こちらの癖が読まれていたということなら、話は早い。

間髪入れず俺の元に兵士たちの第三陣が突撃してくるが——呼吸を切り変える。手癖で力を振るうだけではなく、密《ひそ》かに磨いてきた正道の技を発揮するために。

「兄上たち！　例のアレで行くぞ！」

「くそっ。気乗りしねえな……」

「ま、いいでしょ。減るもんじゃないし」

「協力するのは不本意ですが、仕方ありませんね」

——その合図と同時、練兵場の四方で地震のごとき震脚が鳴り響いた。

薙《な》ぎ倒《たお》され、放り投げられ。兵士たちがみるみるうちにその数を減らしていく。

兵団が瓦解していく様を、宙吊《ちゅうづ》りに揺れながら月天丸が眺めている。

できればやりたくない手段ではあったが、呼吸を切り替えての兄弟連携は効果的だった。

正道の技も使えば、時として攪乱《かくらん》のように我流も混ぜる。そして足並みが乱れたところで他の兄弟と合流し、連携しながら兵士を一人また一人と床に叩き伏せていく。

襲い来る兵たちのほとんどを昏倒《こんとう》せしめた今は、錬爺と月天丸の声もよく聞こえる。

「馬鹿な。あいつらは日々の修練すら面倒がっていたはず。あそこまで即座に癖を修正できるはずが……まして連携など」

「面倒がっていたわけではないと思うぞ。あいつら、本気の修行は隠れてしているそうだからな」

「……は？」

錬爺は意味が分からないという顔をした。月天丸も悩ましげな表情で頷《うなず》きを見せている。

「なぜ。修行なら堂々とすればいいものを――」

「まあ、いろいろと理由はあるようだがな。真面目にやっていては皇帝に推挙されかねんとか。だが一番大きい理由は、狙うべき敵に勘付かれぬようにするためだ」

「敵？」

「あれだけいがみ合っているあいつらが、協力してまで立ち向かわねばならんほどデタラメに強い敵――つまり皇帝だ。あの馬鹿どもは、皇帝を実力行使で捻《ね》じ伏《ふ》せて『自分たちを後継候補から外せ』と脅すつもりなのだ。今は力不足だからあれこれと醜い足の引っ張り合いをしているが、脳みそまで筋肉のあいつらにとっては本来そういう力業の方が自然ともいえる」

あまり暴露しないで欲しい、と俺は思う。

俺たちのその計画を知れば、あの皇帝は喜び勇んで迎撃のために自らの鍛錬を積み増すに違いないのだ。そういう性格である。

月天丸には兄妹《きょうだい》のよしみで伝えたが、当の皇帝にチクられていないか少し不安になる。

そんな俺の心配を知ってか知らずか、なおも月天丸は錬爺に語り掛ける。

「なんというか……あいつらは努力ができないわけではないと思うのだ。方向性と発想が絶望的に狂っているというだけで、そこさえ周りが矯正してやれば、意外とまっとうにやっていくのではないかとな……」

会話の最中も兵士たちは一人また一人と倒れ伏していく。しかも誰一人として絶命はしていない。意識だけを的確に落とす練達の技だ。

勝敗はとうに見えている。だが、それでも逃げ出す者は一人もいない。敵ながら見上げた精神だった。

俺たちも敬意を以《もっ》てそれに応じる。

やがてすべての雑兵が倒れ、その場に立つ敵は錬副一人となった。

「……いいだろう。わしの負けは負けだ。だが、今度こそ不問に付すとは言うまいな」

そう言って錬爺が杖《つえ》を払うと、覆いが外れて内部から鋭い刃《やいば》が顕《あら》わになった。仕込《しこ》み杖である。

そしてそれを、練兵場の床に突き刺した。

「さあ反逆者の首を刎《は》ねろ。それができればわしも貴様らを見直そう」

「ああ、ちょうどよかった」

歩み寄った俺は渡りに船とばかりに仕込み杖を引き抜く。そして刃を頭上に掲げて一閃《いっせん》。

――宙吊りになっていた月天丸の縄を斬った。

縛《いまし》めを解かれた月天丸は、カエルのような姿勢を取ってその場に着地する。

「錬爺。これで入団試験は終わりだよな。全員抜き達成だから、私情抜きでしっかり合否を判断してくれ」

「待て。この期に及んでそんなふざけた理屈は許されんぞ。これが試験などでないことは、お前らとて理解しているはずだ」

そこに一虎が横入りしてくる。

「分かってねえなあ錬爺。オレたちゃ理解した上で敢《あ》えて見ないフリしてるんだよ。基本的に都合の悪いことは無視する主義だからな。見えねえ聞こえねえ知る気もねえ」

「この馬鹿者どもが！　そんな甘えがあるから――」

「そ、だからあたしたちは皇子失格ってわけ」

「そういうわけですから、これからも『革命義団』総出で月天丸を応援していきましょう。僕らの入団の可否、お待ちしておりますよ」

は、と錬爺が魂ごと抜けたような息を吐いた。

「参謀役が必要だったらあたしが受け持つから、いい返事を待ってるわよ」

「好待遇を期待しています」

「一番多く倒したのはたぶんオレだからその点考慮よろしくな」

一虎・二朱・三龍は口々に勝手なことを告げ、ぞろぞろと練兵場を後にしていった。俺はその最後尾に付け、余計な言葉を吐かずに黙って錬爺に後ろ手を上げる。

なんとなくこうやってカッコつけた方が、印象よさげな気がしたからである。

幹部待遇での合格通知を期待しつつ、俺は堂々と練兵場を後にした。

*

四玄たちの去った練兵場で、錬副は床に四つ足をついて震えていた。

その心情を慮《おもんぱか》りながら、月天丸はそっと背に触れる。

「……ご老人、そう嘆くな。あいつらが皇帝にふさわしいかは甚だ疑問ではあるが、決して悪いところばかりではない。どうだろうか。私にもできることがあれば何なりと協力するから、もう少し様子を見てやってはくれんか？」

そこで、錬副の背がぴくりと動いた。

「月天丸様。あなたも、この国の将来のために協力していただけると？」

「私にできることなど知れているとは思うがな。よもや本当に即位などするわけにはいかんし――」

「いいえ、構いませぬ。貴女様《あなたさま》さえよろしいのであれば、ぜひ次期皇帝の座をお任せしたいと思っております。貴女が即位して、あの馬鹿どもが周りを支える形であれば、少しはあいつらも役に立つやもしれません」

月天丸は目を丸くした。ここまで大袈裟《おおげさ》な謀反を企てる人物なのだから手段は選ばない性格なのだろうが、皇帝の座に自分のような馬の骨を据えることに少しも躊躇《ちゅうちょ》はないのだろうか。

「それでいいというのなら……本当に奴《やつ》らが駄目というときの最終手段としては構わんが」

「かたじけない。この老体にはそれだけがもはや唯一の望みです。いや助かりました。陛下は『そう簡単に月天丸は頷くまい』と言っていたのですが、こうも快く引き受けてくださるとは……」

それから深々と頭を下げて、錬副はこう続けた。

「夫婦となれば散々な迷惑をかけるでしょうが——国の安寧のためにも、どうか四玄の阿《あ》呆《ほう》をよろしく頼みます」

「————————は？」

エピローグ

epilogue

何があったのか知らないが、唐突に月天丸《げってんまる》がグレた。

今までは悪徳商人ばかりを狙っていた義賊だったというのに、ある日を境にいきなり方向性が変わったのだ。

市中警備の屯所を荒らしたり、街のあちこちに落書きを働いたり、宮廷近くで小火《ぼや》まで起こすことすらあった（なぜか近くに水が用意されていたので大事には至らなかった）。

しかもそういった悪行の数々を、立て札を用意してまで自ら喧伝《けんでん》するのである。

「まあ、月天丸様のことだから何か考えがあるんだろう」

「んだべな」

幸いにも民衆の反応は穏やかだった。なにしろこれまでに重ねてきた信頼と実績がある。

月天丸の下手くそな絵を塀に落書きされた商家などは、それを子孫代々に継ぐべき芸術であると主張し、早くも保存作業に取り掛かりつつある。

——しかし、兄である俺たちの胸中は穏やかではなかった。

「なぜだ月天丸！　なぜせっかくの名誉を自ら穢《けが》そうとするんだ！　お前は将来皇帝にな

る身なんだぞ！　頼むから自重してくれ！」

「うっさい追いかけてくるなとっとと大人しく帰れ阿呆ども！」

逃亡を続ける月天丸を追い、俺たち四兄弟は安都の裏路地を駆けていた。

前にも増して月天丸は皇子扱いへの拒否反応を強め、今では約束だったはずの定期的な顔見せすら放棄するようになっている。

さては、これが反抗期か。しかも厄介なのが逃げ足の速さだ。

元より速さはなかなかのものだったが、何度も脱走を繰り返すうちに足捌《さば》きの緩急や技巧にも磨きがかかっていき、俺たちでも一筋縄ではいかぬ相手になりつつある。

月天丸は一虎《イーフ》の突進をかわし、二朱《リヤウシヤ》の待ち伏せを見破り、三龍《サウラン》の罠《わな》を小刀で斬り裂き。

そして純粋な速度で俺を突き放していく。

包囲網を突破して大通りへと逃げ込んでいく月天丸は、こちらを振り返って、盛大に叫んだ。

「覚えておけ！　どんな手を使っても、私は絶対に皇帝になどならんからな！」

人混みに消えていった月天丸を見て、俺たちは「く」と歯を噛《か》みしめた。

やはり血は争えないということか。

よもや月天丸までもが——俺たちと同じく、皇位の争『譲』戦に加わってしまおうとは。

短編

幼き日の美しい思い出

extra

「性懲りもなくまた来たのか貴様」

　謎の非行に走り、すっかり宮廷に戻って来なくなってしまった月天丸《げってんまる》。それを連れ戻すため、俺は説得に赴いていた。

「そう警戒するな。今日は力ずくで連れ戻しにきたわけじゃない。ただ、家族として少し話をしに来ただけだ」

　並んで座るのは街中の団子屋の店先である。人波の溢《あふ》れる市街の大通りは逃げるにも追うにも不都合な上、騒ぎになれば市中警護も駆けつける事態となる。そのため俺たちの間では、暗黙の了解として『手出し無用の安全地帯』という合意がなされていた。

　俺の説得宣言を聞いた月天丸は、露骨に白けた表情となる。

「まあ隣で何を喋《しゃべ》ろうと勝手だがな。そう簡単に耳を傾ける私だと思うなよ」

「月天丸……何がお前を非行に走らせてしまったかは、だいたい想像が付く。きっと、庶民暮らしからいきなり皇子という重圧に耐えかねたんだろう」

　俺の見事な推察を聞きながら、月天丸は団子をむしゃむしゃと齧《かじ》っている。反論がないあたり、おそらく図星と見ていい。

「そういうわけで、今日は参考として俺の昔話をしようと思って来たんだ。実は俺も妾《しょう》腹《ふく》の生まれでな、子供の頃は貧民街で育ってた。だからお前の重責を取り払うのに、俺が子供だったころの体験談が少しでも役に立つかと――」

「んな話はいらん。せっかくの団子が不味《まず》くなる」

ところが、月天丸は俺の申し出を一蹴した。遠慮という風ではない。心からどうでもよさげな態度である。

まさか、俺としたことが非行理由を読み違えていたというのか。

「……そうか、すまなかった」

「なんだ。珍しく妙に素直だな貴様」

「いや。よくよく考えたら、あまり参考にならない話かもしれなかったしな。なにしろ当時は上の兄姉《きょうだい》たちがみんなまともで、今じゃありえない環境だったたし」

「……待て。あの兄姉たちがまともだった頃があるのか？」

と、ここで月天丸がこちらに顔を近づけてきた。

「子供の頃はな。特に俺が宮廷に迎えられてしばらくの間は、よく遊びなんかに付き合ってくれたよ。認めるのは癪《しゃく》だが、俺が宮廷暮らしに慣れることができたのは――まあ、あいつらのおかげかもしれない」

「そ、想像できん」

俄《にわ》かに月天丸が食いつきを見せ、仰天とばかりに目を丸くさせた。

「しかし昔はまともだったというなら、何が奴らをそんな風に変えてしまったのだ？　悪霊か狐狸《こり》にでも憑《つ》かれたのか？」

「いや……おそらくだが、弟である俺があまりに優秀すぎたから、嫉妬心をこじらせてしまったんだろう。妬みは人を豹変《ひょうへん》させるからな」

「そうか」

一気に月天丸の声の調子が落ちる。人間という生き物の悲しき性《さが》に打ちひしがれたのだろう。

「ううむ、理由はさておくとして……奴らが貴様の遊び相手をしていたというのは信じられんな」

「そうだな……一虎《イーフ》なんかは今でも意外に思うほど、俺に配慮した遊びをしてくれたな。あの気遣いが今でも残っていれば皇帝に推挙できたんだが」

「どんな遊びだったのだ？」

尋ねられ、俺は瞼《まぶた》の裏に幼き日の光景を思い浮かべる。

皇子として宮廷に迎えられ、貧民街では縁もゆかりもなかったしきたりを押し付けられ、目が回るような緊張に襲われていた頃。

不安だらけで庭先に蹲《うずくま》っていた俺の肩をポンと叩《たた》いて、快活に笑いかけてきた年上の少年――それが幼き日の一虎だった。

「今でも覚えてるよ。『お前、オレの弟なんだってな！　どっちが強いかとりあえず殴り合おうぜ！』あいつはそう言ってきたんだ」

「ちょっと待て」

月天丸はすかさず掌《てのひら》を前に出してきた。

「どうした？」

「全然まともな提案に思えんぞ。どう考えても、初対面の子供に提案する遊びの内容ではないだろう？」

「貧民街の坊主の遊びなんて喧嘩《けんか》が普通だろ。宮中で皇子が喧嘩遊びなんて御法度《ごはっと》だろうに、一虎はその決まりを破ってでも俺に合わせてくれたんだ。今じゃ考えられない配慮と気遣いだよ」

「ただ単に戦いたかっただけだろう。今の野蛮人と何ら変わらん」

そんなことはない。今の一虎だったら『殴り合おうぜ』なんて言わずにいきなり殴ってくる。少年時代の彼は間違いなく節度というものを弁《わきま》えていた。

「まあ、当然子供にとって歳《とし》の差は絶対的だ。ちっとも敵《かな》わずボコボコにされた」

「手加減もせんのかあの男は……」

「そこで止めに入ってきたのが、当時の二朱《リャウシャ》だ。実は昔の二朱は少し過保護なところがあってな。いきなり弟に喧嘩遊びを仕掛けたってんで、一虎をひどく叱ってたよ」

「お、おお？　それはちょっとまともそうだな……？」

白けかけていた月天丸が再び興味を取り戻したようになる。

「今じゃ考えられないほどいい姉貴だったな。『いくら遊びだと言っても、こんな小さい子に怪我《けが》をさせていいわけないでしょ。常識で考えなさいこの馬鹿白髪』って説教文句は今でも覚えてる」

「それは……常識的な発言だな。なんだか少し見直したかもしれん」

「そうだったんだけど、いかんせん過保護すぎてな。一虎との外遊びを禁止されて、室内遊びばっかりさせられたよ。あれは参った」

「はは。いいではないか。女子の遊びというと――人形遊びとかか？」

「よくやったのは賽《さい》の目《め》賭博だな」

月天丸の頬《ほお》がぴくりと強張《こわば》った。

「賭博……？」

「強いのなんのって。連戦連敗で一度も勝てなかった。今にして考えたら、イカサマとか使われてたのかもな。まあそれも含めて賭博の醍醐味《だいごみ》だけど」

待て待て、と月天丸が首を振った。

「おかしいだろう。幼子から賭博で金を巻き上げる方が、喧嘩よりもある意味では悪質だぞ」

「はっは。何言ってんだ月天丸。当時の俺は金なんか持ってないんだから、巻き上げられたりはしてないぞ」

「ああなんだ。実際には金の動かぬ賭博ごっこだったのか？」

「いや。将来の出世払いってことで、負け分は公証人付きで借用書を書かされた」

「正気になれ。貴様、それは遊びではなくただのカモだぞ。というか出世払いって、今もまだ残っているのかその借金が？」

まさか、と俺は笑った。

「もうなくなったよ。ほら、この前の武神祭のときに二朱の家が燃えたろ？　あのときに当時の借用書も灰になった」

「ごくごく最近だな。というかあの一件がなければまだ残っていたのか」

「心配するな。どうせ踏み倒すつもりだった。しょせんは子供の頃のお遊びだからな」

「証人立てて借用書を書かせる時点でどう考えてもお遊びの範疇《はんちゅう》を逸脱しているぞ」

「最終的にチャラだったから問題ないだろ。実際、遊んでたときはめちゃくちゃ楽しかったしな」

「まあ……貴様がそう言うならもうそういうことで構わんが」

そうして俺は最後の一人との思い出を回想する。

「それで……最後は三龍《サウラン》だな。実はこいつは前の二人とはちょっと毛色が違って、あんまり直接遊んだりはしなかった」

「確かに、進んで子供の世話をしそうな奴《やつ》には見えんな」

「だけど、一番多く喋ったのも三龍だったんだ。他の二人以上に、俺に対して嘘《うそ》偽りなく本心を話してくれたからな。決して俺を歓迎するばかりじゃなかったが、本音でしっかり話してくれる分、子供心にも信用できる奴だった」

「本心？　どんなだ？」

俺は記憶の底から幼き日の三龍との会話を思い起こす。

「知ってのとおり、あいつは第三皇子だ。上に男女とも一人ずついるから、元から皇子の中では少し低い扱いだった。そこにもう一人、俺という男の皇子が追加されるだろ。そうなることで自分の待遇が悪くなる——そういうので不満を吐いてたな」

「小物臭い発言だが……そこまで正直に打ち明けるところは好感を持てるな」

「せめて女の皇子なら、とかも言ってたな。あと、血縁を騙《かた》る偽皇子ならよかったただの……」

「ん？」

そこで月天丸が首を傾《かし》げた。

「どうした？」

「いや。言っている内容自体は普通なのだが、いかんせんあの陰気そうな男がそこまで直接的な愚痴を言うとは思えなくてな」

「言っただろ。よくも悪くも、昔はあの兄も普通だったんだ」

「いいや……今までの流れからしてロクでもない予感がしてきたぞ。一字一句しっかりと思い出して、どういう発言をしていたか再現してみろ」

少々面倒だと思いつつも、過去の俺と同じ境遇の月天丸から頼まれれば拒否はできない。

俺は記憶の底を漁《あさ》り、当時の三龍の発言内容を正確に拾い上げる。

「そう、確か具体的には『血の繋《つな》がってない妹ならよかった』と……」

「完璧に発言内容が今の人物像と一致したぞ」

真相を見破ったとばかりに月天丸が俺に指を突きつけてきた。

「それは深読みしすぎだ月天丸。このとき三龍もまだ子供だぞ？　今みたいな下心があると思うか？」

「貴様は読みが浅すぎる。その発言は明らかに何かしらの下心を含んでいるだろう。というか待て。よく考えたらその条件が今の私と完全に一致している気がするのだが」

安心しろ、と俺は月天丸の肩に手を添えた。

「お前を次期皇帝に推挙すると決めた時点で、俺たちの中でお前は血の繋がった妹だ。真偽はともかく、その認識は揺るがない」

「このときばかりは貴様らのイカれた価値基準に感謝したい」

「あと、最近の三龍は基本的に年上好みだからお前は純粋に対象外だな」

ふうと息を吐いて月天丸が額の汗を拭う。自意識過剰とは思うが、あの三龍を前にしてはそういう不安がよぎるのも十分に理解できる。

「ま、だいたいそんな感じだ。昔のあいつらがまともだったことが分かったろう？」

「すべて聞かせてもらった上で断言するが、間違いなく今と何一つ変わっておらんぞ。まともの字もないわ。貴様、冷静に考えてみて違和感を何も覚えないのか？」

言われてみれば――

月天丸が指摘してきた問題点も極めて妥当なように思う。だというのに、俺の中ではなぜか当時の兄たちが弟想《おも》いだったという印象が拭えないのだ。

「あっ」

そしてしばらく悩んでいるうち、その印象の原点を思い出した。

「今度は何だ？」

「そうだ、一番肝心な思い出があったんだ。実は俺も、宮廷に馴染《なじ》めなくて最初の頃はしょっちゅう家出してたんだ。それで街に出ちゃあ、河原に座り込んで泣きべそかいてよ」

「貴様にもそんな可愛《かわい》げがあったのだな」

「茶化《ちゃか》すなよ」

やや気恥ずかしくなった俺は頰を掻《か》く。

「そういうとき、決まって迎えに来たのはあの三人の兄姉《きょうだい》たちだったんだ。強引に連れ戻したりはしないで、俺が泣《な》き止《や》むまで近くで待っててくれた。あれだけは――ちゃんとした上の兄姉って感じだったよ。俺の中で『子供の頃のあいつらはまともだった』って体感なのは、たぶんそのときの印象が強いからだな」

「む……それは確かに、妙な動機が見当たらんな」

「だろ？　だからやっぱり、子供の頃はまだあいつらにも少しは良心があったんだよ。たぶんな」

　あれでも血の繋がった兄姉たちなのだ。今は汚水のごとくに心を濁らせきっているが、かつてはちょっとでも清い時期があったと信じたい。そうでなければ身内として恥ずかしい。

「おーい！」

　と、そこに。

　噂《うわさ》をすれば何とやらという風に、宮廷の方から一虎・二朱・三龍の三人が雁首《がんくび》揃《そろ》えて歩いてきた。

　ぴくりと月天丸が団子屋の椅子から腰を浮かす。四対一となれば囲まれて捕獲される心配もあるからだろう。いつでも逃げられそうな姿勢に移ろうとしたが、

「心配しないで。無理に連れ帰るつもりはないから」

　その懸念を払拭するかのように、二朱がひらひらと手を振った。

「あたしたち、考え直したの。やっぱり本人の意思が大事で、無理矢理《むりやり》宮廷に連れて帰っても意味がないって」

「ええ。大事な妹に無理強いをするわけにはいきません」

「本人の考えは尊重しねえとな、おう」

なるほど、と俺は彼らの作戦を察した。追いかけ回してもなかなか捕まらないのであれば、一旦引いて出方を窺《うかが》ってみる試みと見える。硬軟を使い分け上手《うま》く次期皇帝候補として宮中に迎え入れようという肚《はら》だ。

当然のこととして俺も流れに便乗する。

「そうだ月天丸。俺たちは何もお前を無理矢理攫《さら》おうとしてるわけじゃない。お前が自分の意思で行動するなら、それを第一に優先したいと思ってる。ただ、そうしてお前が自分の意思で行動した結果、最終的に皇帝になってくれれば望ましいし嬉《うれ》しいとも思ってる。この気持ちを分かってくれるな？」

そう言って俺は月天丸の両肩に手を乗せようとしたが、咄嗟《とっさ》に向こうが一歩下がったので掌《てのひら》は宙を切った。

そして最上級に胡散臭《うさんくさ》そうな表情を浮かべ、月天丸は俺たち兄弟をじろじろと見回す。

「もしや、幼い頃に兄どもが貴様を迎えに来た理由は、今この状況と同じ……」

「どうしたんだ月天丸？」

俺が呼びかけると、何かを呟《つぶや》きかけていた月天丸は唐突に口をつぐんだ。

しばしの沈黙をそのまま続け、やがて言う。

「いや何でもない。思い出は綺麗《きれい》なまま抱えていろ」

その日の月天丸は結局、宮廷に帰らずどこかへ遁走《とんそう》した。

あとがき

本作を手に取ってくださりありがとうございます、作者の榎本快晴《えのもとかいせい》です。
はじめましての方もいれば、並行連載中の「邪竜認定」の方を既に読んでくださってい
る方もいるかと思います。どちらの読者様にも深く感謝です。
さて、新作ということもありこの場で改めて宣言したいのですが、私はあとがきが苦手
です。なぜかといいますと、就職活動の面接で「これから五分間、フリートークして」と
無茶振《むちゃぶ》りされるかのような絶望感があるためです。
ぶっちゃけますと、このあとがきは担当編集さんから「四ページから六ページの範囲で
書いて」と要望を受けておりますが、もう既に私は四ページぴったりで走り抜けることを
固く誓っております。なんなら「三ページ＋一行でもギリギリ四ページに届くのでは
……？」というゲスい発想をしています。
いいのです。
私がサボった二ページにはおそらく新刊とかの広告が入り、みなさんと新たな作品を繋《つな》
ぐ架け橋になるでしょうから……

と、ここまでようやく一ページくらいでしょうか。先は長いですね。まるで泥中の長距離走のようです。
そんなに書くことがないなら作品の解説でもしろという意見はあるかと思うのですが、私は極力あとがきで作品内容に触れない主義です。（ネタバレ防止の観点から）
あと本音を漏らしますと、作品解説という奥の手はいよいよ本気で書くネタがなくなる続刊時の秘密兵器に取っておきたいのです。（※実際、本作と同時発売の「邪竜認定」三巻では秘密兵器としてこれを解禁しました）
ちなみに、もしも私が巻数二桁に届くほどの長寿シリーズを持つ日が来たとしたら、十巻を越えたあたりからあとがきはすべてポエムになっているかと思います。いきなりポエム化すると読者のみなさんに動揺を与えてしまうと思いますので、七巻あたりからじわじわと文面を侵食させる形でポエム比を高めたいですね。この「最低皇子」シリーズが、その悪ふざけを実現できるくらい人気になれば嬉《うれ》しいです。
こうやってあとがき論をダラダラと語っているうちに、真っ白だった原稿も順調に埋まってきました。書いている内容はあまりにもアレですが、パソコンの画面から五メートルくらい離れて見れば立派に文字がびっしり埋まった原稿に見えます。時としてこういう開

き直りも人間には大事だと思います

さあ、ここから「宣伝」「関係各位メッセージ」という黄金の継投策を使えばページ達成はもう目前。私なりの勝利の方程式です。

とはいえ、ここまで本当に長かったです。何を書くべきか本気で丸一日悩みました。その結果がこんなではありますが、どうかお赦《ゆる》しください。

ここからは宣伝です！　水を得た魚の勢いでお送りします！

まず、先ほども少し触れましたが、本作と同時に並行シリーズ「齢《よわい》５０００年の草食ドラゴン、いわれなき邪竜認定」の三巻が発売されています。こちらも面白い作品ですので、まだ読まれていない方はぜひ手に取ってみてください！

そしてなんと、本作「最低皇子たちによる皇位争『譲』戦」のコミカライズ企画がスタートしております！　鹿乃《しかの》快楽《かいらく》先生の作画で、ComicWalker などのＷＥＢ漫画サイトにて連載予定です！　漫画でもお馬鹿に大暴れする四玄《スガン》たちの姿をぜひお確かめください！

最後にここからは、各方面へのメッセージを。

担当編集様。いつもあとがきでお待たせしてしまい申し訳ありません。今回は特に悪ふざけが酷《ひど》い気がしており反省しています。でもちゃんとページは埋めました。

イラストの nauribon 先生。最高のイラストをありがとうございます！　男性キャラはカッコよくて女性キャラは可愛《かわい》くて……ラフいただいたときから終始ニヤニヤと眺めておりました！　月天丸《げってんまる》が特にお気に入りです！　これからも本シリーズ頑張っていきますので、どうぞよろしくお願いします！

コミカライズの鹿乃快楽先生。いただいた漫画版のキャラデザとても素敵でした！　もう既に連載開始へのワクワクが止まりません。四玄たちが漫画で動く姿、めちゃくちゃ楽しみにしています。どうぞよろしくお願いします！

そして読者の皆様方。

始まったばかりの本シリーズを手に取っていただき、改めてありがとうございます！

コミカライズなども併せ、今後ますます盛り上げていきたいと思っておりますので、どうか引き続き応援のほどよろしくお願いします！

榎本快晴

最低皇子《さいていおうじ》たちによる皇位《こうい》争《そう》『譲《じょう》』戦《せん》
～貧乏《びんぼう》くじの皇位《こうい》なんて誰《だれ》にでもくれてやる！～

著　榎本快晴《えのもとかいせい》

角川スニーカー文庫　21834

2019年10月1日　初版発行

発行者　三坂泰二

発　行　株式会社KADOKAWA
〒102-8177 東京都千代田区富士見2-13-3
電話　0570-002-301（ナビダイヤル）

印刷所　株式会社暁印刷
製本所　株式会社ビルディング・ブックセンター

Printed in Japan　ISBN 978-4-04-108724-4　C0193

★ご意見、ご感想をお送りください★
〒102-8078 東京都千代田区富士見 1-8-19
株式会社KADOKAWA　角川スニーカー文庫編集部気付
「榎本快晴」先生
「nauribon」先生

角川文庫発刊に際して

角川源義

第二次世界大戦の敗北は、軍事力の敗北であった以上に、私たちの若い文化力の敗退であった。私たちの文化が戦争に対して如何に無力であり、単なるあだ花に過ぎなかったかを、私たちは身を以て体験し痛感した。西洋近代文化の摂取にとって、明治以後八十年の歳月は決して短かすぎたとは言えない。にもかかわらず、近代文化の伝統を確立し、自由な批判と柔軟な良識に富む文化層として自らを形成することに私たちは失敗して来た。そしてこれは、各層への文化の普及滲透を任務とする出版人の責任でもあった。

一九四五年以来、私たちは再び振出しに戻り、第一歩から踏み出すことを余儀なくされた。これは大きな不幸ではあるが、反面、これまでの混沌・未熟・歪曲の中にあった我が国の文化に秩序と確たる基礎を齎らすためには絶好の機会でもある。角川書店は、このような祖国の文化的危機にあたり、微力をも顧みず再建の礎石たるべき抱負と決意とをもって出発したが、ここに創立以来の念願を果すべく角川文庫を発刊する。これまで刊行されたあらゆる全集叢書文庫類の長所と短所とを検討し、古今東西の不朽の典籍を、良心的編集のもとに、廉価に、そして書架にふさわしい美本として、多くのひとびとに提供しようとする。しかし私たちは徒らに百科全書的な知識のジレッタントを作ることを目的とせず、あくまで祖国の文化に秩序と再建への道を示し、この文庫を角川書店の栄ある事業として、今後永久に継続発展せしめ、学芸と教養との殿堂として大成せんことを期したい。多くの読書子の愛情ある忠言と支持とによって、この希望と抱負とを完遂せしめられんことを願う。

一九四九年五月三日

このすば
暁なつめが描く、
もう一つの異世界コメディ!
戦闘員、派遣します!
戦闘員、派遣します!
暁なつめ
NATSUME AKATSUKI
ILLUSTRATION
カカオ・ランタン
KAKAO LANTHANUM
シリーズ好評発売中!
全世界の命運は——
悪の組織に託された!?
スニーカー文庫

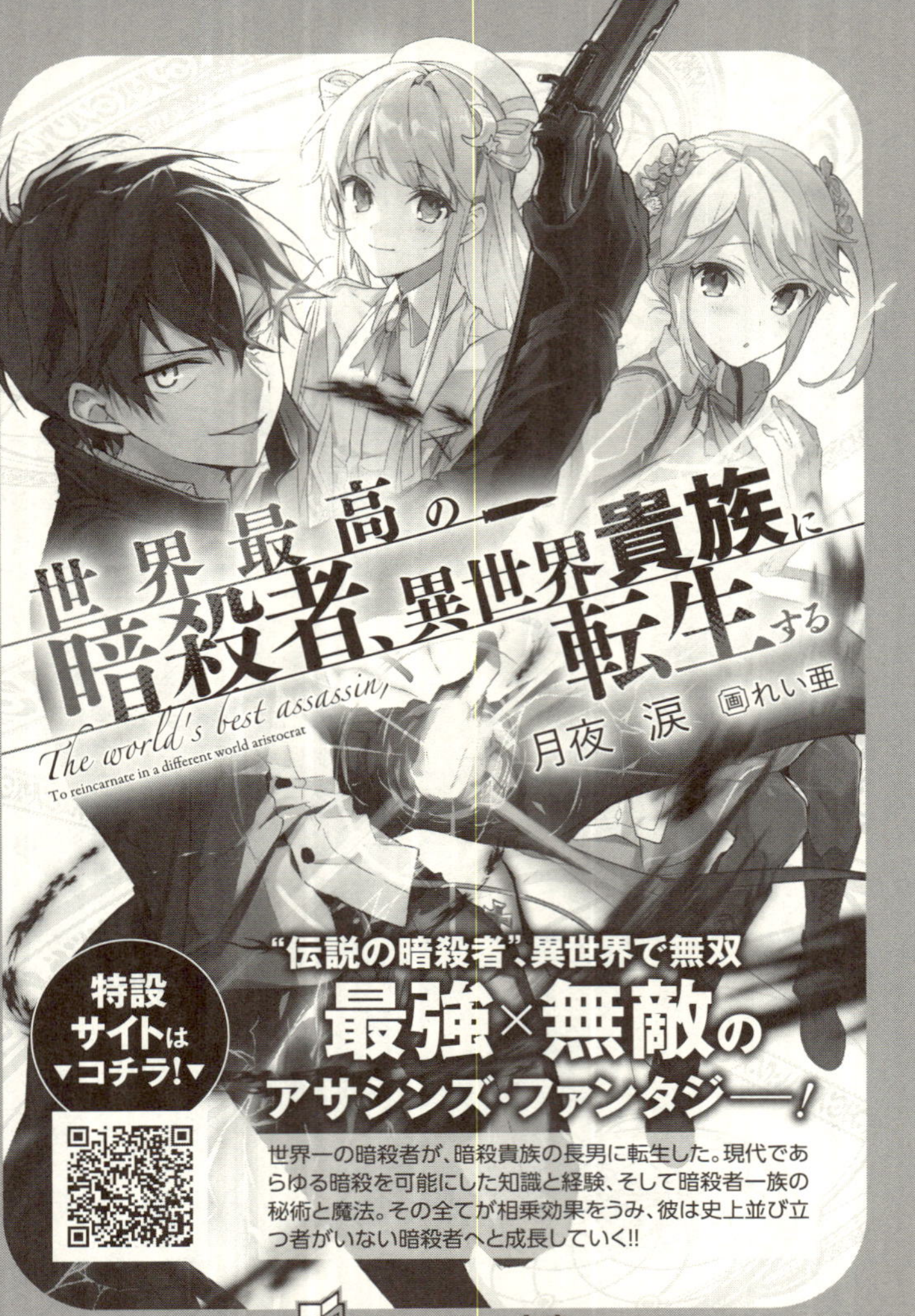

世界最高の暗殺者、異世界貴族に転生する
The world's best assassin,
To reincarnate in a different world aristocrat
月夜　涙　画 れい亜
"伝説の暗殺者"、異世界で無双
最強×無敵の
アサシンズ・ファンタジー――!
特設サイトは▼コチラ!▼
世界一の暗殺者が、暗殺貴族の長男に転生した。現代であらゆる暗殺を可能にした知識と経験、そして暗殺者一族の秘術と魔法。その全てが相乗効果をうみ、彼は史上並び立つ者がいない暗殺者へと成長していく!!

スニーカー文庫

真の仲間じゃないと勇者のパーティーを追い出されたので、辺境でスローライフすることにしました
Banished from the brave man's group, I decided to lead a slow life in the back country.
ざっぽん
illust.やすも
お姫様との幸せいっぱいな
辺境スローライフが開幕!!
WEB発超大型話題作、遂に文庫化!
コンテンツ盛り沢山の特設サイトはコチラ!
シリーズ好評発売中!
スニーカー文庫

スニーカー大賞
作品募集中!!!
イラスト／BUNBUN
応募はWEB&カクヨムにて!
締切4月1日
大賞
200万円
優秀賞 50万円
特別賞 20万円
詳細はザ・スニWEBへ
https://sneakerbunko.jp/award/